馬來語

一學就上手！ 第一冊

王麗蘭 著

「聽」和「說」：從日常生活中學習馬來語

在台灣教授馬來語快要邁向第4個年頭了，過程中我想我與王麗蘭老師一直很困擾的是，台灣缺乏馬來語的教材，儘管有，也已經年代久遠，不符合當代的需求了。非常「高興」和「期待」，王老師終於出版了第一本馬來語教材。

在過去的教學中，特別是第一堂課，我都會詢問修課的同學：「思考一下，您學母語時，是怎麼開始的？」我想絕對不會是從「詞彙」、「句型」或「複雜的文法」入門，我們都會從日常生活的「事」與「物」開始，再慢慢地進入完整句子，表達自己的所思所想。

本教材《馬來語，一學就上手！（第一冊）》就是從大家日常生活中著手，除了基礎的「字母」、「發音」、「單字」外，教材還融入了一些「馬來西亞道地的生活用語」，以及日常生活中我們常用的「單字」、「句子」、「生活智慧」與「文化」等。教材內容豐富有趣，書如其名，讓學習馬來語的各位「一學就上手」！

台灣政府近年推動新南向政策，台灣社會的目光開始轉向東南亞各國，包含對馬來西亞的興趣也漸漸提升。越來越多人到馬來西亞旅遊或創業，對於馬來語的學習需求也越來越多，是時候把握機會、學習這個既古老又現代的語言與文化了。希望這本教材能夠幫助台灣的學習者們，更有系統地學習馬來語的聽、說、讀、寫。學習了語言和文化，我們期待看到更多正面的溝通、互動和交流！

國立臺灣大學文學院馬來語兼任講師

顏聖錝

世界上最好學的語言：馬來語

如果您要找一種東南亞語來學習，希望是簡單容易上手，而且實用性高的話，那麼，我強烈建議來學習馬來語吧！

馬來語（Bahasa Melayu）的歷史最早可以追溯到七世紀，是在馬來群島（馬來半島、婆羅洲、蘇門答臘島等）所通行的一種語言。因為島嶼之間互動頻繁，因此馬來語也成為當地的商業溝通語言。當二次世界大戰結束後，印尼率先獨立，選擇了當時各島嶼之間共通的語言作為國家語言，進而更名為「印尼語」（Bahasa Indonesia）。爾後，馬來西亞、汶萊、新加坡先後獨立，也都自然而然把當地人說的話訂定為該國國語或官方語言。所以，現在到這些國家去，馬來語仍是主要的溝通語言。如果把印尼語使用人口也算進去的話，幾乎有2.6億人在使用這個語言。

因此，馬來語可說是在東南亞島嶼間最流通的語言，只要掌握了基礎馬來語，您到上述這幾個地方去旅遊、經商、工作，大致上都不成問題。最重要的是，透過語言的學習，可以進一步了解該地方的文化、風俗、歷史、族群特色等等，這樣的身體力行、親身經驗，將能拓展自己的視野與世界觀。以上，就是我著手寫這本書的初衷，希望藉由這本語言又帶點文化的學習書，引發大家對馬來西亞的興趣，並提高對該國多元文化的了解。

作為語言教學者，我仍然願意不厭其煩地提醒學習者，語言是「流動」的。隨著時間、空間、使用的人會產生各式各樣的變化。早在七世紀開始，馬來語就已經受到阿拉伯語、梵文、波斯語的影響，後來還受到葡萄牙語、福建話、客家話、乃至目前的英語的洗禮，這些都形塑了現代馬來語。而馬來西亞和印尼族群多元且複雜，每一個族群又有各自的母語，因此在使用「國語」的時候，勢必加

上自己母語的一些詞彙、使用習慣等等，久而久之，就形成了現在大家所看到一個語言的不同面貌。

因此，我建議大家在學習馬來語的時候，先從聽力和口說開始，也就是要敢說、敢講。然後，要靈活地運用各個單字，因為目前馬來西亞社會上所使用的語言太多元了，包括馬來語、英語、華語、印度淡米爾語、福建話、廣東話，還有其他少數族群的母語，不斷在豐富馬來語在社會上的使用，所以如果死記硬背某些句子，反而失去了溝通的真諦。

本書的出版，要感謝台灣大學文學院馬來語講師顏聖錝老師的推薦與專業錄音。也要感謝瑞蘭國際出版的社長王愿琦、副總編葉仲芸、編輯鄧元婷、美編陳如琪，因為有大家的鼓勵、專業意見與美編設計，讀者才有機會閱讀到這本精美的書。非常感謝每一位勞苦功高的幕後功臣。

最後，我鼓勵大家把馬來語視為了解東南亞各島嶼的一個窗口、把馬來語當作是第二外語來學習，相信日積月累的努力，有朝一日一定會讓您成為東南亞達人！

王麗蘭

2018年8月於馬來西亞十八丁

　　《馬來語，一學就上手！（第一冊）》是王麗蘭老師根據多年教學經驗，為馬來語初學者量身打造的學習專書。全書共有12課，以6大步驟為您鋪路，整本練完，包您聽懂、敢說，馬來語就是這麼好上手！

從發音、基本問候語開始

　　您知道嗎？馬來語和英語一樣，也使用26個羅馬字母，也能用自然發音法學習！本書從單雙母音、子音、清濁音等發音規則切入，並舉例單字說明，連基本問候語也能自然而然學起來！

淺顯易懂的核心文法解說

　　前綴、後綴、疑問代名詞、連接詞、副詞、介係詞，初學馬來語會遇到的所有文法，本書一網打盡！搭配例句解說，您一次就懂。

從生活會話累積實用單字

　　從問候、祝賀、提問、點餐、購物、喜好到時間規劃等，各種主題式會話，讓您從生活中累積實用字彙，平常就能練，練了就有用！

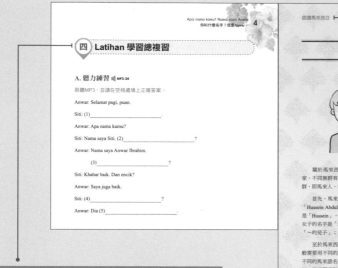

每課搭配聽、說、讀、寫實測練習

除了每課都有的聽聽看、開口說、翻譯、短文寫作，王老師還精心設計連連看、Bingo等好玩練習題，讓您動動腦、輕鬆學！

課後補給馬來西亞文化專欄

12篇課後專欄介紹更多關於飲食、建築、宗教等馬來西亞文化，另有好歌推薦和俗諺、流行用語，帶您融入當地文化，學習更有味！

附錄貼心歸納全書重點

把全書出現過的重點文法，連帶序號、量詞、日期、時間等數字用法都幫您整理好，還有馬來西亞各州與直轄區列表，方便隨翻隨找。

※隨書附贈標準馬來語朗讀MP3，最道地的馬來語產地直送！

本書特聘名師親錄標準馬來語給您聽，不僅身歷會話情境，更訓練聽力、口說，讓您在當地溝通無礙，一開口連當地人都說讚！

1

Sebutan Bahasa Melayu

馬來語的發音：字母、單母音和單子音

學習重點

1. 學習馬來語26個字母的唸法。
2. 學習馬來語5個單母音的唸法。
3. 學習馬來語21個單子音的唸法以及相關的單字。
4. 學習文法：馬來語的大寫。

Bersakit-sakit dahulu,
bersenang-senang kemudian.
先苦後甘。

一 Huruf dan Sebutan Bahasa Melayu 馬來語的字母與發音

🔊 MP3-01

馬來語是由羅馬字母所組成的拼音文字，與英語一樣，共有26個字母，並分為大小寫，字母的唸法也與英語一樣。

馬來語的字母唸法

字母 大寫	字母 小寫	字母唸法	字母 大寫	字母 小寫	字母唸法
A	a	[eɪ]	N	n	[ɛn]
B	b	[bi:]	O	o	[əʊ]
C	c	[si:]	P	p	[pi:]
D	d	[di:]	Q	q	[kju:]
E	e	[i:]	R	r	[ɑ:]
F	f	[ɛf]	S	s	[es]
G	g	[dʒi:]	T	t	[ti:]
H	h	[eɪtʃ]	U	u	[ju:]
I	i	[aɪ]	V	v	[vi:]
J	j	[dʒeɪ]	W	w	[ˋdʌblju]
K	k	[keɪ]	X	x	[ɛks]
L	l	[ɛl]	Y	y	[waɪ]
M	m	[ɛm]	Z	z	[zed]

練習一下（1）

請練習唸出下列單字的馬來語縮寫。

1. ATM（提款機）

2. LRT（輕快鐵）

3. KL（吉隆坡）

4. KLCC（吉隆坡雙峰塔）

5. OT（加班）

6. UM（馬來亞大學）

二 Vokal Bahasa Melayu 認識馬來語的單母音

MP3-02

　　馬來語的單母音有5個，即「a」、「e」、「i」、「o」、「u」，寫法與英語一樣。但是在發音的部分則有6種，其中「e」有兩種發音。

① 母音「A a」

唸法：發音類似注音符號「ㄚ」，嘴巴張大，尾音稍微拉長。

例如

anak	孩子	apa	什麼	ada	有

② 母音「E e」

唸法：第一個發音類似注音符號「ㄜ」，發音短促，嘴巴半開。

　　　第二個發音類似注音符號「ㄟ」，發音短促，嘴巴半開。

例如

「ㄜ」的音		「ㄟ」的音		同時有「ㄜ」和「ㄟ」	
enam	六	elok	好	kereta	車子
emas	金	enak	美味	mereka	他們

③ 母音「I i」

唸法：發音類似注音符號「一」。

例如

| ikan 魚 | ini 這 | sini 這裡 |

④ 母音「O o」

唸法：發音類似注音符號「ㄛ」，嘴巴張大。

例如

| otak 腦 | orang 人 | onde-onde 糯米球 |

⑤ 母音「U u」

唸法：發音類似注音符號「ㄨ」，嘴巴嘟起來。

例如

| ular 蛇 | ukur 測量 | umur 年齡 |

小提醒

1. 母音「e」有兩個發音：即「ㄜ」[ə]和「ㄟ」[ɛ]。由於書寫上都是統一用「e」，因此需要依靠字典和經驗，才能分辨用哪一個發音。

2. 母音「u」在以「h」、「r」、「ng」、「k」作尾音的單字時，會唸成介於「u」和「o」之間的音，例如：「duduk」（坐）、「untuk」（為了）、「kampung」（鄉村）等。

練習一下（2） 🔊 MP3-03

請聆聽MP3，並寫出下列單字的馬來語。

1. 有

2. 金

3. 他們

4. 魚

5. 人

6. 測量

Konsonan Bahasa Melayu 認識馬來語的單子音

MP3-04

① 單子音「B b」

拼拼看：

作為子音： **ba be bi bo bu**

作為尾音： **ab eb ib ob ub** ◀ 比較少見！

例如

babi	豬	baju	衣服
beli	買	nasib	命運

② 單子音「C c」

拼拼看： **ca ce ci co cu**

例如

comel	可愛	cinta	愛
cantik	漂亮	cepat	快

③ 單子音「D d」

拼拼看：

作為子音： **da de di do du**

作為尾音： **ad ed id od ud** ◀ 比較少見！

例如

jadi	變成、所以	mandi	洗澡
durian	榴槤	masjid	清真寺

④ 單子音「F f」

拼拼看：

作為子音： fa fe fi fo fu

作為尾音： af ef if of uf ← 比較少見！

例如

foto	照片	fungsi	功能
huruf	字	maaf	原諒、抱歉

⑤ 單子音「G g」

拼拼看：

作為子音： ga ge gi go gu

作為尾音： ag eg ig og ug ← 比較少見！

例如

gigi	牙齒	gaji	薪水
guru	老師	katalog	目錄

⑥ 單子音「H h」

拼拼看：

作為子音： ha　he　hi　ho　hu

作為尾音： ah　eh　ih　oh　uh

例如

hati	心	hari	天、日子
ramah	熱情、熱心	rumah	屋子

⑦ 單子音「J j」

拼拼看： ja　je　ji　jo　ju

例如

jalan	走、路	jual	賣
jauh	遠	jam	小時、點（鐘）

⑧ 單子音「K k」

拼拼看：

作為子音： ka　ke　ki　ko　ku

作為尾音： ak　ek　ik　ok　uk

例如

kaki	腳	kaya	富有
kakak	姐姐	baik	好

⑨ 單子音「L l」

拼拼看：

作為子音：　la　le　li　lo　lu

作為尾音：　al　el　il　ol　ul　◀ 比較少見！

例如

lihat	看	malu	害羞
ilmu	知識	halal	清真、合法

⑩ 單子音「M m」

拼拼看：

作為子音：　ma　me　mi　mo　mu

作為尾音：　am　em　im　om　um

例如

mahu	要	makan	吃
minum	喝	malam	晚上

⑪ 單子音「N n」

拼拼看：

作為子音：　na　ne　ni　no　nu

作為尾音：　an　en　in　on　un

例如

nama	名字	nasi	飯
minta	要求	main	玩

⑫ 單子音「Ｐp」

拼拼看：

作為子音： **pa　pe　pi　po　pu**

作為尾音： **ap　ep　ip　op　up**

例如

pagi	早	panas	熱
kicap	醬油	sekejap	一陣子

⑬ 單子音「Ｑq」

拼拼看：　**qa　qi　qu** ◀ 比較少見！

例如

Quran	古蘭經

⑭ 單子音「Ｒr」

拼拼看：

作為子音： **ra　re　ri　ro　ru**

作為尾音： **ar　er　ir　or　ur**

例如

rasa	感覺	turun	落、下降
belajar	學習	atur	安排

⑮ 單子音「S s」

拼拼看：

作為子音： **sa se si so su**

作為尾音： **as es is os us**

例如

suka	喜歡	susu	奶
sudah	已經	manis	甜

⑯ 單子音「T t」

拼拼看：

作為子音： **ta te ti to tu**

作為尾音： **at et it ot ut**

例如

tidur	睡覺	teman	朋友
tempat	地方	sakit	生病、痛

⑰ 單子音「V v」

拼拼看： **va ve vi vo vu** ◀ 比較少見！

例如

visa	簽證	video	錄影

⑱ 單子音「W w」

拼拼看： wa we wi wo wu

例如

wang	錢	waktu	時間
wayang	電影、影片	wajib	必須、義務

⑲ 單子音「X x」

拼拼看： xa xe xi xo xu ← 比較少見！

例如

X-Ray	X光

⑳ 單子音「Y y」

拼拼看： ya ye yi yo yu ← 比較少見！

例如

ya	是	bayi	嬰兒

㉑ 單子音「Z z」

拼拼看： za ze zi zo zu ← 比較少見！

例如

zaman	時代	izin	允許

練習一下（3） 🔊 MP3-05

請聆聽MP3，並寫出下列單字的馬來語。

1. 買

2. 漂亮

3. 清真寺

4. 牙齒

5. 心

6. 好

7. 害羞

8. 喝

9. 飯

10. 奶

文法真簡單：馬來語中的大寫

　　馬來語採用羅馬字母拼音，如同英語一樣，在書寫上有大小寫的規範。在以下的狀況下須使用大寫：

① 句子的第一個字。

例如

- Ini buku saya.　這是我的書。

② 在對話中句子的第一個字。

例如

- Kata ibu, "Saya akan balik."　媽媽說：「我會回來。」

③ 一般人名。

例如

- Hassan　哈山
- Susi　蘇西

④ 族群、國族、語言的名稱。

例如

- Orang Melayu　馬來人
- Bahasa Melayu　馬來語

⑤ 人名之前的官位或職稱。

例如

- Perdana Menteri Malaysia Najib　馬來西亞首相那吉

馬來語，一學就上手！（第一冊）

⑥ 與宗教、上帝或神相關的名詞。

例如

- Islam 伊斯蘭
- Hindu 印度教
- Allah 阿拉

⑦ 有爵位、頭銜的人名。

例如

- Tan Sri Dato' Seri Michelle Yeoh 榮譽勳章丹斯里拿督斯里楊紫瓊

⑧ 年份、月份、日子、節日和歷史事件。

例如

- Bulan Ogos 八月
- Hari Isnin 星期一
- Hari Kemerdekaan 獨立日

⑨ 地理名稱。

例如

- Kuala Lumpur 吉隆坡
- Kota Tinggi 哥打丁宜

⑩ 官方單位、文件等。

例如

- Kementerian Pendidikan 教育部

⑪ 書名、報紙等（惟介係詞，例如：「di」、「ke」、「dari」等不大寫）。

例如

- Utusan Melayu　《馬來郵報》

四 Latihan 學習總複習

A. 聽力練習 🔊 MP3-06

請聽MP3的內容，並把所聽到的單字寫下來。

1. _____   6. _____

2. _____   7. _____

3. _____   8. _____

4. _____   9. _____

5. _____   10. _____

B. 翻譯練習

請將下列的單字翻譯成馬來語。

1. 老師 _____   6. 要 _____

2. 屋子 _____   7. 名字 _____

3. 走、路 _____   8. 早 _____

4. 腳 _____   9. 學習 _____

5. 看 _____   10. 喜歡 _____

C. 口說練習

請練習說出下列幾句話。

1. Nama saya Siti.

2. Saya suka Malaysia.

3. Saya cinta Taiwan.

D. 寫作練習

請練習寫出下列幾句馬來語句子。

1. 我是台灣人。

2. 我喜歡學習馬來語。

3. 我喜歡吃魚飯。

4. 我喜歡喝熱茶。

5. 我有錢。

好歌大家聽

1. 歌手：阿牛
   歌曲：Mamak檔
2. 歌手：阿牛
   歌曲：用馬來西亞的天氣來說愛你
3. 民謠：Rasa sayang

 你說什麼呀！？　🔊 MP3-07

- *Brother*, nak pi mane?　老兄，想要去哪裡？

- Jom pi mamak!　　　走吧，去嘛嘛檔！

註：「pi」是「pergi」（去）的口語說法，「mane」是「mana」（哪裡）的口語說法。
　　「mamak」（嘛嘛檔）是馬來西亞特有的、由印度穆斯林開的餐廳，通常從
　　晚上開到凌晨，因此是馬來西亞人的宵夜首選。

豐富多元的馬來語

　　馬來語是馬來西亞的國語，屬於馬來－玻里尼西亞語族（Malay-Polynesian）。馬來語在被定為國語之前，早在七世紀時，已經是當地、即馬來群島（Nusantara）所通用的語言，包括現在的馬來西亞半島、蘇門答臘、婆羅洲等地。馬來西亞因曾經被葡萄牙、荷蘭、英國殖民，又與阿拉伯和中國商人通商，再加上伊斯蘭教的傳入等，因此這個語言融合了不同的文化和語言。

　　馬來語中受到福建話影響的單字大多跟飲食有關，例如：「teh」（茶）、「bihun」（米粉）、「mi」（麵）、「popiah」（薄餅）等；也有受到葡萄牙語影響，進而衍生出相似的單字，例如：「garpu」（叉子）等等；而受到梵文影響的單字也不少，例如：「bahasa」（語言）、「maha」（大）、「guru」（老師）等。

此外，馬來語受到阿拉伯語的影響也很深，最明顯的是星期一到星期日的說法：「Isnin」（星期一）、「Selasa」（星期二）、「Rabu」（星期三）等，另外還有像是「salam」（問好）、「wajib」（必須）、「ilmu」（知識）、「daftar」（註冊）等，也都從阿拉伯語演變而來。

　　再加上馬來西亞由多元族群組成，各地的馬來語會有不同的習慣用語和腔調，因此，學習馬來語可說是進入一個更豐富、更多元的世界！透過語言，可以穿越好幾個世紀，了解在各個群島所發生的歷史喔！準備好接受挑戰了嗎？

 你知道嗎？

　　在馬來西亞，您會看到很多用羅馬字母寫成的馬來文字，但其實是中國方言的發音，猜猜看這些字是什麼意思：1. kuih 2. tapau 3. kwetiau 4. bihun

答案：1. 糕點 2. 打包（外帶） 3. 粿條 4. 米粉

2

Sebutan Bahasa Melayu

馬來語的發音：雙母音、雙子音、分辨清濁音

學習重點

1. 學習馬來語3個雙母音「ai」、「au」、「oi」。
2. 學習馬來語4個雙子音「kh」、「ng」、「ny」、「sy」。
3. 學習分辨馬來語的清濁音（B／P、D／T、G／K）。
4. 學習文法：馬來語的單字怎麼組成？

生活智慧

Seperti katak di bawah tempurung.
井底之蛙。

一 Vokal Ganda 認識馬來語的雙母音

MP3-08

　　馬來語除了單母音，還有幾個比較常見的雙母音，最常見的有「ai」、「au」、「oi」。雙母音的唸法是將兩個單母音合在一起發音即可。

① 雙母音「ai」

唸法：先唸注音「ㄚ」的音，再唸「ㄧ」。

例如

sampai 到達	pandai 聰明	pantai 海邊

② 雙母音「au」

唸法：先唸注音「ㄚ」的音，再唸「ㄨ」。

例如

pulau 島	danau 湖	harimau 老虎

③ 雙母音「oi」

唸法：先唸注音「ㄛ」的音，再唸「ㄧ」。

例如

amboi 唉唷	amoi 小妹妹	sepoi 涼風徐徐

練習一下（1） 🔊 MP3-09

請聆聽MP3，並寫出下列單字的馬來語。

1. 到達

2. 海邊

3. 島

4. 小妹妹

5. 老虎

二 Konsonan Ganda 認識馬來語的雙子音 kh、ng、ny、sy

🔊 MP3-10

馬來語的雙子音有4個，即「kh」、「ng」、「ny」、「sy」。這些雙子音組成的單字雖然不多，但是發音的方式和單子音不同，因此需要特別注意。

① 雙子音

（1）雙子音「kh」

唸法：[k]，發音類似注音符號「ㄎ」和「ㄏ」之間，接近「ㄍ」的發音；在字尾發音較輕。

拼拼看：

作為子音：　**kha　khe　khi　kho　khu** ◀ 比較少見！

作為尾音：　**akh　ekh　ikh　okh　ukh** ◀ 比較少見！

例如

khusus　特別	khas　特別	tarikh　日期

（2）雙子音「ng」

唸法：[ŋ]，發音類似「ㄥ」的尾音，在鼻腔的共鳴位置比[n]高。

拼拼看：

作為子音：　**nga　nge　ngi　ngo　ngu**

作為尾音：　**ang　eng　ing　ong　ung**

例如

ngeri	可怕	**bengkak**	腫
bunga	花	**bung**kus	包裝
si**nga**	獅子	si**ngg**ah	停留

（3）雙子音「ny」

唸法：[ɲ]，在鼻腔的共鳴位置。

拼拼看：

　　作為子音： **nya　nye　nyi　nyo　nyu**

例如

nyonya	夫人	hanya	僅	nyanyi	唱歌

（4）雙子音「sy」

唸法：[ʃ]，發音類似注音符號「ㄒㄩ」。

拼拼看：

　　作為子音： **sya　sye　syi　syo　syu** ◀ 比較少見！

例如

syarat	條件	syukur	感恩	masyarakat	社會

② 雙子音和尾音

馬來語有兩個主要的雙子音，即「ng」和「ny」。這些雙子音的單字若再加上尾音，需要特別注意相關的發音。以下是幾個常見的雙子音和尾音組合的單字。

例如

dengar 聽	**dengan** 跟、和	**tengah** 中間
bangun 起來	**langit** 天空	**tangan** 手

練習一下（2） 🔊 MP3-11

請聆聽MP3，並寫出下列單字的馬來語。

1. 社會

2. 唱歌

3. 花

4. 特別

5. 包裝

6. 腫

7. 感恩

8. 停留

三 Perbezaan Konsonan 辨別馬來語的清濁音 B / P、D / T、G / K

🔊 MP3-12

　　清音P、T、K，發音重點在唇部；而濁音B、D、G，發音重點在喉嚨。清音的發音對於中文學習者來說，是比較容易的發音。而濁音的發音，相對比較困難，但是如果有閩南語的基礎，就可以慢慢感覺到濁音的發音方式。濁音的發音位置在喉嚨，請儘量把聲音壓低，製造出濁音效果。

　　以下是幾組清音和濁音的對照，可以更清楚了解清濁音在單字上發音的差異。

清濁音 B / P

bagi	給、分配	pagi	早上	bapa	爸爸

清濁音 D / T

dari	來自	tari	跳舞	data	資料

清濁音 G / K

gagak	烏鴉	kakak	姐姐

練習一下（**3**） 🔊 **MP3-13**

請聽MP3的內容，寫出所聽到的單字。

1.

2.

3.

文法真簡單：馬來語的詞彙怎麼組成？

馬來語中詞彙組成的主要方式，分別是：單字（kata tunggal）、重複（kata ganda）、合併（kata majmuk）、附加（kata terbitan, imbuhan）。

① 單字（kata tunggal）

單字是最基本的形式，一般以兩個到三個音節為主。單字是最基本的單位。

例如

單音節：pel（抹布）、cat（油漆）

兩個音節：aku（我）、saya（我）、kamu（你）、baik（好）、naik（上升/搭乘）、sayang（愛）

三個音節：belakang（後面）

四個音節：masyarakat（社會）

② 重複詞彙（kata ganda）

即重複單字。「kata ganda」在馬來語中有複數、與原意相關、重複動作的意思。其中重複動作又分成全重複、半重複與改變形式等三種形式。

例如

1. 複數：

- budak（孩子）→ budak-budak（孩子們）
- guru（老師）→ guru-guru（老師們）

2. 與原意相關：

- gula（糖）→ gula-gula（糖果）

3. 重複的動作：

- 全重複：jalan（走）→ jalan-jalan（逛逛）

- 半重複：lelaki（男生）→ laki-laki（男生）
- 改變形式：warna（顏色）→ warna-warni（五顏六色）

③ 合併詞彙（kata majmuk）又稱為複合詞彙

　　是將兩個（或以上）單字，多半連帶他們原來的意思，合併在一起，而創造出的新單字。合併或複合基本上也有兩種形式，一種是兩個單字仍是分開的，另一種則是直接連接。

例如

bagaimana （怎麼樣）　　　　　kapal terbang （飛機）
像　　哪裡　　　　　　　　　　船　　飛

jalan raya （道路）　　　　　　kerja sama （合作）
路　　大　　　　　　　　　　　工作　一起

kereta api（火車）　　　　　　tanggung jawab（負責任）
車　　火　　　　　　　　　　　承擔　　　回答

④ 附加（kata terbitan, imbuhan）

　　是透過前綴與後綴的方式，增加詞彙量，以衍生成名詞或動詞的方式。最常見的動詞前綴有「meN-」和「ber-」，動詞後綴有「-i」和「-kan」。最常見的名詞環綴有「peN-an」和「ke-an」等，名詞後綴有「-an」、「-wan」等。也就是說，前後綴的功能在於改變詞性，將字根名詞化或動詞化。

例如 bantu（幫忙）

　　mem- 動詞前綴 ＋ bantu ＝ membantu （幫忙）　動詞

　　pem- 名詞前綴 ＋ bantu ＝ pembantu （助手）　名詞

　　-an 　名詞後綴 ＋ bantu ＝ bantuan （幫忙）　名詞

例如 ajar（教）

meng- 動詞前綴	＋ ajar ＝ mengajar（教）動詞
bel- 動詞前綴	＋ ajar ＝ belajar（學習）動詞
pel- 名詞前綴	＋ ajar ＝ pelajar（學生）名詞
peng- 名詞前綴	＋ ajar ＝ pengajar（教員）名詞
-an 名詞後綴	＋ ajar ＝ ajaran（教義、教條）名詞
pel-an 名詞環綴	＋ ajar ＝ pelajaran（課程）名詞
meng-kan 動詞環綴	＋ ajar ＝ mengajarkan（教導）及物動詞

小提醒

馬來語的動詞和名詞變化是文法的核心，在基礎或初級課程中不會先教。目前先了解有這樣的文法形式存在即可，往後看到「meN-」、「ber-」或「peN-」就知道是文法的變化。

1. 「meN-」的形式共有六種：me-、mem-、men-、meng-、meny-、menge-。
2. 「ber-」的形式共有三種：ber-、be-、bel-。
3. 「peN-」與「meN-」的形式一致，共有六種：pe-、pem-、pen-、peng-、peny-、penge-。

四　**Latihan** 學習總複習

A. 聽力練習 MP3-14

請聽MP3的內容，並把所聽到的單字寫下來。

1. _____　　6. _____

2. _____　　7. _____

3. _____　　8. _____

4. _____　　9. _____

5. _____　　10. _____

B. 翻譯練習

請將下列的單字翻譯成馬來語。

1. 聽 _____　　5. 起來 _____

2. 跟、和 _____　　6. 包裝 _____

3. 中間 _____　　7. 獅子 _____

4. 手 _____　　8. 停留 _____

C. 口語練習

請練習說出下列幾個字。

1. bunga、bungkus、bangun

2. sini、singa、singgah

3. tangan、tengah

4. dengan、dengar

 好歌大家聽

1. 歌手：Dato' Siti Nurhaliza
   歌曲：Terbaik Bagimu
2. 民謠：Kalau Rasa Gembira
3. 民謠：Dayung-dayung Sampan

D. 寫作練習

請練習寫出下列幾句馬來語句子。

1. 我喜歡聽歌。

2. 我早起。

3. 我吃早餐。

4. 我喜歡唱歌。

 你說什麼呀！？　🔊 MP3-15

- *I suka you.* 　　　　我喜歡你。
- *I tak nak ikut you.* 　我不要跟你在一起。

註：「I」和「you」都是英語，在口語上，大家喜歡在句子中加上一些英語。

Halal 清真食物

　　馬來西亞的國教是伊斯蘭教，大部分的馬來人，以及少部分的印度人和華人是穆斯林。伊斯蘭教徒在食物、生活等方面的戒律相當嚴謹。例如，在食物上，就有「Halal」（清真食物）的規定。「Halal」一詞來自阿拉伯語，原意為「合法的」，在中文翻譯上就是「清真」，「清」指的是「清潔不染」；「真」是「真誠認主獨一」，一般指的是符合伊斯蘭教教條可食用的食物。但對穆斯林來說，「Halal」的意思，不僅是指可食之物，而是一套生活方式，其中包括言語、行為、衣著等皆受約束。

　　古蘭經中明確提到的禁食是豬肉、酒、血、自死物（自己死掉的動物，魚類除外）等。所有肉類都必須是由穆斯林奉阿拉之名屠宰的才算是「清真」。穆斯林宰殺牲畜須先禱告，並以割斷喉管方式施行。

所以，在印尼、馬來西亞、汶萊等地的很多餐廳，是沒有賣豬肉的。而在進口到當地的食物中，也最好是有「Halal」的認證，才能有更大的市場。因此，如果有想要送禮，特別是送食物給穆斯林的朋友，要記得確認那個食物是不是「清真」的喔，如果有「Halal」的認證就更棒啦！

 你知道嗎？

　　因為馬來西亞有很多華人，而華人多通曉中文、福建話等地方方言，所以有一句話是福建話和馬來語文法的結合喔，非常可愛！

那就是：「mempersiasuikan」太丟人現眼了！

您能夠找出字根嗎？

答案：memper ＋ **siasui** ＋ kan

「siasui」是福建話，表達「丟臉」的意思。

3

Sapaan: Selamat pagi, puan.

基本問候語與稱呼：女士，早安。

學習重點

1. 學習基本問候語和基本稱呼。
2. 學習基本稱呼，例如：「encik」（先生）、「puan」（女士）。
3. 學習各種場合和節日的祝福語。
4. 學習文法：各種基本問候語以及回應方式。

生活智慧

Nasi sudah menjadi bubur.
生米煮成熟飯。

一 Sapaan: Selamat pagi, apa khabar? 基本問候語：早安，你好嗎？

MP3-16

Ahmad: Selamat pagi, Siti.

Siti: Selamat pagi, Ahmad.

Ahmad: Apa khabar?

Siti: Khabar baik. Kamu?

Ahmad: Saya juga baik. Terima kasih.

重點生字！

selamat pagi	早安	apa khabar	你好嗎	khabar	消息
baik	好	juga	也	terima kasih	謝謝

中文翻譯：

Ahmad： 早安，Siti。

Siti： 早安，Ahmad。

Ahmad： 妳好嗎？

Siti： 我很好。你呢？

Ahmad： 我也很好。謝謝。

文法真簡單（一）

① 見面時的問候

見面時，馬來語一般上用「早安、午安、晚安」來問候，而且用的都是「selamat」這個字。「selamat」原意是「安全」、「健康」之意，也引申為「祝福」，有時候簡單地直接說「pagi」（早）、「malam」（晚上）也可以喔。

見面時的問候語

馬來語	中文
Selamat pagi.	早安。
Selamat tengah hari.	午安。
Selamat petang.	下午好。
Selamat malam.	晚安。
Selamat datang.	歡迎光臨。

② 問好的方式

馬來語除了早安、午安、晚安之外，也會用「Apa khabar?」（你好嗎？）來問候，這是最普遍的問候方式。

問候與回應

馬來語	中文	馬來語	中文
Apa khabar?	你好嗎？	Khabar baik.	很好。
Sudah makan?	你吃過了沒？	Sudah. / Belum.	（吃）過了。 / 還沒（吃）。

③ 感謝時的說法

　　馬來西亞人非常溫和有禮貌，無論接收到別人的好意，或是請別人幫忙做事後，都不忘說一聲「terima kasih」（謝謝）。

感謝時的說法

馬來語	中文	馬來語	中文
Terima kasih.	謝謝。	Sama-sama.	不客氣。

練習一下（1）

請將下列問候用語翻譯成馬來語。

1. 早安。

2. 午安。

3. 你好嗎？

4. 很好。

5. 謝謝。

6. 不客氣。

二 Panggilan: Encik, selamat jalan dan jumpa lagi. 基本稱呼：先生，慢走、再見。

🔊 MP3-17

Faizul: Saya Faizul.

Nurul: Saya Nurul.

Gembira bertemu dengan Encik Faizul.

Faizul: Saya minta diri dulu, Cik Nurul.

Nurul: Selamat jalan.

Faizul: Jumpa lagi.

重點生字！

saya	我	gembira	高興	bertemu	見面
dengan	跟	encik	先生	cik	小姐
selamat jalan	慢走	jumpa lagi	再見		

 中文翻譯：

Faizul： 我是Faizul。

Nurul： 我是Nurul。

很高興跟Faizul先生見面。

Faizul： 我先告辭，Nurul小姐。

Nurul： 慢走。

Faizul： 再見。

文法真簡單（二）

① 「請問」或「抱歉」時的說法

當要向馬來西亞人問一件事或問路時，可以先說「tumpang tanya」，再接其他問句。意思如同「請問」。感覺抱歉時，可以說「maaf」（抱歉）。

抱歉時的說法

馬來語	中文
Tumpang tanya.	請問。
Maaf.	對不起、抱歉。
Tidak apa-apa.	沒關係。

② 「告辭」時的說法

當要分開或在會議中需要先告辭時，可以說「Saya minta diri dulu.」（我先告辭。）如果是雙方見面要分別時，可以說「Selamat jalan.」，有「慢走、一路順風」之意。而「Selamat tinggal.」（再見。）則是比較傾向使用在要離開很長一段時間，或者客人向主人告辭時。至於「Jumpa lagi.」，就是我們一般常說的「再見」。

告辭時的說法

馬來語	中文	馬來語	中文
Saya minta diri dulu.	我先告辭。	Selamat tinggal.	再見（離開長時間時）。
Selamat jalan.	慢走、再見。	Jumpa lagi.	再見。

③ 其他的招呼用語

通常遇到很久沒見的朋友，我們可以說「Sudah lama tidak jumpa.」（很久沒見。）日常生活上，也很常聽到「Tunggu sekejap.」（請等一下。）

其他的招呼語

馬來語	中文
Sudah lama tidak jumpa.	很久沒見。
Tunggu sekejap.	請等一下。
Gembira bertemu dengan kamu.	很開心見到你。
Selamat berkenalan.	很開心認識你。

④ 基本稱呼

在馬來語中沒有特別的敬語，因此稱呼可說是非常重要，因為適當的稱呼即可表達你的身分或敬意。一般在正式場合，會使用「encik」（先生）或「tuan」（先生）和「puan」（女士）來稱呼。在非正式場合，只要是覺得對方比我們年長，就可以使用「abang」（哥哥）或「kakak」（姐姐）來稱呼對方。如果對方是小孩子，或是比我們年輕很多的人，則可以用「adik」（小弟或小妹）來稱呼。

馬來語的基本稱呼

馬來語	中文	馬來語	中文
encik	先生（較正式）	puan	女士（較正式）
tuan	先生（較正式）	cik	小姐（較正式）
pak cik	伯伯（較親切）	mak cik	阿姨（較親切）
abang (bang)	哥哥	kakak (kak)	姐姐
adik (dik)	小妹／小弟	amoi	小妹

練習一下（2）

請在空格中寫上正確的稱呼和問候。

1. Ali 早上見到 Susanti 太太，他應該要說：

2. Ali 晚上在夜市要跟賣手機殼的年輕小姐買東西，他應該要說：

3. Siti 下午在公司見客戶 Hassan 先生，她應該要說：

4. 王女士見到許久不見的老朋友 Dewi 女士來訪，應該說：

5. 餐廳裡，我請服務員幫我擦桌子，之後我可以說：

三 Kosa Kata Penting 重要詞彙

MP3-18

① 邀請的說法

有時候我們需要請對方進來、坐下或吃東西，我們可以用「sila」（請）。

邀請的說法

馬來語	中文
Sila masuk.	請進。
Sila duduk.	請坐。
Sila makan.	請吃。

② 基本祝福語

馬來語中的祝福語也一樣用「selamat」，各式各樣的祝福語只要在「selamat」後面加上相關主題即可，例如：「selamat belajar」（學習愉快）、「selamat bekerja」（工作愉快）、「selamat menikmati」（享用愉快）等。另外也會用「semoga」（希望），例如：「semoga berjaya」（希望你成功）等。

馬來語的基本祝福語

馬來語	中文
Tahniah!	恭喜！
Selamat hari jadi.	生日快樂。
Selamat belajar.	學習愉快。

Selamat bekerja.	工作愉快。
Selamat menikmati!	享用愉快！
Selamat bercuti!	假日愉快！
Selamat hujung minggu!	週末愉快！
Semoga berjaya.	希望（你）成功。
Semoga cepat sembuh.	祝你早日康復。

③ 節日祝福語

　　馬來西亞因為是多元族群，所以會歡慶各種不同的節日，從傳統節日到各種國家紀念日都有！若在不同佳節時遇到來自馬來西亞的朋友，別忘了用以下的祝福語來祝賀他們囉！

馬來語	中文
Selamat Tahun Baru.	新年快樂。
Selamat Tahun Baru Cina.	農曆新年快樂。
Selamat Hari Capgome.	元宵節快樂。
Selamat Hari Raya.	佳節愉快。
Selamat Berpuasa.	齋戒愉快。
Selamat Hari Raya Aidil Fitri.	開齋節愉快。
Selamat Hari Deepavali.	排燈節愉快。
Selamat Hari Krismas.	聖誕節快樂。

Selamat Hari Raya Wesak.	浴佛節 / 衛塞節愉快。
Selamat Hari Gawai.	豐收節愉快。
Selamat Hari Kebangsaan.	國慶日愉快。

練習一下（3）

請寫上相對應的祝福語。

1. 華人慶祝農曆新年。

2. 印度人慶祝排燈節。

3. 馬來人慶祝開齋節。

4. 砂勞越伊班族慶祝豐收節。

5. 鄰居的小孩慶祝生日。

6. 恭喜同事升遷成功。

四 Latihan 學習總複習

A. 聽力練習 🔊 MP3-19

聆聽MP3，並請在空格處填上正確答案。

Hassan: (1)_____, puan.

Siti: (2)_____, encik.

Hassan: Apa khabar?

Siti: Khabar baik.

Hassan: (3)_____.

Siti: (4)_____.

B. 翻譯練習

請將下列句子翻譯成馬來語。

1. 先生，你好嗎？

2. 很好，謝謝。

3. 中午好，你吃過了嗎？

4. 晚安，我先告辭。

5. 先生，很高興認識你。

6. 好久不見。

C. 口語練習

請與同學練習下列對話。

1. 與同學見面時的問候。
2. 向同學告辭。
3. 向同學表達感謝。

D. 寫作練習

請練習寫出下列幾句馬來語句子。

1. 請問。

2. 祝你早日康復。

3.　請等一下。

4.　對不起。

好歌大家聽

1. 歌手：Armada
   歌曲：Apa kabar, sayang
2. 歌手：Shae
   歌曲：Sayang

你說什麼呀！？　　🔊 MP3-20

- Pagi, lengchai.　　　早安，帥哥。
- Pagi, lenglui.　　　早安，美女。

握手的禮節

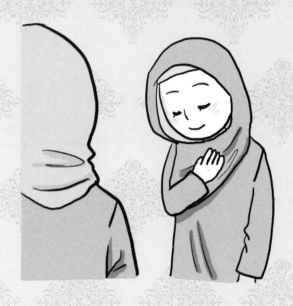

在社交場合見到馬來西亞朋友時，一般以握手或揮揮手來打招呼，並搭配本課學到的問候語，例如：「selamat pagi」（早安）、「selamat tengah hari」（午安）等。比較簡單的方式，可以直接說「pagi」（早）、「malam」（晚），此時一邊問候，要一邊伸出右手。當然，展現微笑也是一定要的囉！

至於與熟人、朋友、長輩相遇時，傳統禮節是握完手之後，用右手按住左胸口，表示誠心、誠懇、謙卑之意。特別是遇到長輩時，在問候和握著手時，可以彎腰親吻對方的手，表達最高的敬意。在馬來傳統社會，小孩子向家長或長輩請安時，會親吻他們的手，表示尊敬。

在馬來社會中，使用左手是不禮貌的，所以應儘量避免用左手與別人握手。取食物或者遞東西時，都應使用右手。

另外，如果非不得已必須經過別人的面前，以致於擋到對方的視線時，我們會稍稍地彎腰經過，並伸出右手，像開路一樣，並快速通過。同時也應該說「Minta maaf.」（很抱歉。），才是有禮貌的方式。

 你知道嗎？

　　在馬來西亞，人人都是老闆！為什麼這麼說呢？因為其實除了在正式場合稱呼一位男士為「encik」，在其他非正式場合，例如在餐廳等等，大家都會稱成年男士為「bos」，也就是「老闆」的意思。

4

Apa nama kamu? Nama saya Anwar.

你叫什麼名字？我是 Anwar。

────────── ❧ ──────────

學習重點

1. 學習「我」、「你」、「他」、「我們」、「你們」、「他們」的說法。
2. 學習人稱代名詞的基本句型、陳述句的句型。
3. 學習「我的～」、「你的～」、「他的～」的說法。
4. 學習疑問代名詞「apa」（什麼）和「siapa」（誰）。
5. 學習連接詞「dan」（和、還有）的用法。
6. 學習「你的名字是什麼？」的問法。
7. 學習前綴「se-」的功能與意義。
8. 學習重要相關人物以及職業的說法。

生活智慧

Seperti lembu dicucuk hidung.

人云亦云。

（一） Apa nama kamu? 你的名字是什麼？

MP3-21

Anwar: Selamat petang, puan.

Siti:　　Selamat petang, encik.

Anwar: Apa nama kamu?

Siti:　　Nama saya Siti. Apa nama encik?

Anwar: Nama saya Anwar Ibrahim.

　　　　Apa khabar, Puan Siti?

Siti:　　Khabar baik. Dan encik?

Anwar: Saya juga baik.

 **重點生字！**

apa	什麼	nama	名字	dan	和

中文翻譯：

Anwar： 下午好，女士。

Siti： 下午好，先生。

Anwar： 妳的名字是什麼？

Siti： 我的名字是Siti。你的名字是什麼？

Anwar： 我的名字是Anwar。

妳好嗎，Siti女士？

Siti： 很好。你呢？

Anwar： 我也很好。

文法真簡單（一）

① 馬來語的人稱代名詞

在對話中，最重要是人稱代名詞。當然，除了「我」、「你」、「他」之外，最重要是第三課教過的稱呼，例如：「encik」（先生）和「puan」（女士）。

馬來語人稱代名詞的說法

	單數		複數	
第一人稱	saya aku（～ku）	我 我（口語）	kita kami	我們大家（包含聽話者） 我們（不包含聽話者）
第二人稱	anda kamu（～mu） engkau / kau	您 你 你（口語）	kalian	你們
第三人稱	beliau dia（～nya）	他／她（尊稱） 他／她	mereka	他們

② 人稱代名詞的簡單句型

馬來語的簡單句型中，光是人稱代名詞就可以形成很多類型的句子。以下運用各類型簡單的陳述句，一一介紹人稱代名詞。

（1）主詞＋動詞（人稱代名詞位於主詞的位置）

- Saya makan.　　　　　我吃。
- Kamu minum.　　　　你喝。
- Dia tidur.　　　　　　他（在）睡。

（2）主詞＋動詞＋受詞（人稱代名詞位於主詞或受詞的位置）

- Saya suka kamu.　　　我喜歡你。
- Saya cinta dia.　　　　我愛他。

（3）主詞＋補語

- Saya pelajar.   我（是）學生。
- Kamu guru.   你（是）老師。

（4）主詞＋（副詞）＋形容詞

- Kamu sangat cantik.   你很美。
- Dia sangat tampan.   他很帥。

③ **所有格以及所有格的縮寫**

馬來語的所有格很簡單，只要把人稱代名詞、人名或物品，放在名詞的後面即可。

馬來語的所有格形式：

> 名詞　＋　人稱代名詞 / 人名 / 物品

例如

- nama saya   我的名字
- nama kamu   你的名字
- kunci rumah   家的鑰匙

在人稱代名詞形成所有格時，「aku」、「kamu」和「dia」有特殊的縮寫形式，其中第三人稱「dia」必須縮寫成「-nya」。

例如

- nama aku   → namaku   我的名字
- nama kamu   → namamu   你的名字
- nama dia   → namanya   他的名字

另外，在其他特殊情況，例如口語或歌詞中，也會出現「ku」和「mu」的形式。

例如

- kurindu　　　　　　　　　　　　　我想念
- aku rindumu　　　　　　　　　　　我想念你

④ 詢問名字的疑問代名詞「apa」（什麼）和「siapa」（誰）

在詢問名字的問句中，一般會用「apa」來問，但正式的問法是用「siapa」，而如果是詢問長輩，則可以用「encik」（先生）和「puan」（女士）來取代「kamu」（你）。

例如

- Apa nama kamu?　　　　　　　　　你的名字是什麼？
- Apa nama encik?　　　　　　　　　（先生）你的名字是什麼？
- Siapa nama kamu?　　　　　　　　你的名字是什麼？
- Siapa nama encik?　　　　　　　　（先生）你的名字是什麼？

⑤ 連接詞「dan」（和、還有）的用法

最常見的馬來語連接詞就是「dan」。「dan」可以連接單字、分句、子句等，也可以連接兩個名詞、兩個動詞或兩個形容詞。

例如

- Saya suka makan nasi dan mi.　　　我喜歡吃飯和麵。
- Dia suka makan mi dan minum teh.　他喜歡吃麵和喝茶。
- Anak saya pandai dan rajin.　　　　我的小孩聰明且勤奮。

練習一下（1）

請將下列句子翻譯成馬來語。

1. 我喜歡你。

2. 我喜歡你的名字。

3. 我是台灣人。

4. 我的名字是 Anwar。

5. 他喜歡你的衣服。

6. 你的名字是什麼？

二 Kamu siapa? 你是誰？

MP3-22

Nurul: Kamu siapa?

Hassan: Nama saya Hassan. Saya seorang pelajar.

Nurul: Dia siapa?

Hassan: Dia kawan baik saya, namanya Fatimah.

Nurul: Itu siapa?

Hassan: Itu ayah saya. Dia seorang peniaga. Dia menjual baju di pasar.

重點生字！

pelajar	學生	kawan	朋友	baik	好
ayah	爸爸	seorang	一位	peniaga	商人
menjual	賣	baju	衣服	di	在
pasar	市場				

 中文翻譯：

Nurul： 你是誰？

Hassan： 我的名字是Hassan。我是一位學生。

Nurul： 她是誰？

Hassan： 她是我的好朋友，（她的）名字叫Fatimah。

Nurul： 那是誰？

Hassan： 那是我爸爸。他是一位商人。他在市場賣衣服。

文法真簡單（二）

① 疑問代名詞「siapa」（誰）的用法

除了「apa」（什麼）之外，另一個常見的疑問代名詞就是「siapa」。通常是詢問人物時。

例如

- Kamu siapa?　　　你是誰？
- Itu siapa?　　　那是誰？

② 前綴「se-」的功能與意義

馬來語的構詞方式之一是使用前綴、後綴和環綴。在對話中看到的「seorang」（一位）其實是前綴「se-」+「orang」（人）的構詞方式。前綴「se-」是馬來語中最普遍的前綴，其功能有很多種，其中一個功能是作為「一」的意思。

例如

- Saya seorang guru.　　我是一位老師。
- Ada seratus orang.　　有一百個人。

Apa nama kamu? Nama saya Anwar.
你叫什麼名字？我是Anwar。

4

練習一下（2）

請將下列句子翻譯成馬來語。

1. 你是誰？

2. 我是一位老師。

3. 他是我爸爸。

4. 我的爸爸喜歡你的衣服。

5. 他是我的好朋友。

6. 他是我的馬來語老師。

三 Kosa Kata Penting 重要詞彙

🔊 MP3-23

重要的相關人物

ayah	爸爸	ibu	媽媽	kawan	朋友
teman	朋友	kekasih	情人	guru	老師
pelajar	學生	murid	學生	rakan sekerja	同事

職業

peniaga	商人	pekerja	工人	pembantu	助手、助理
pegawai	官員	penjual	攤販	pemborong	批發商
jurutera	工程師	jururawat	護士	juruterbang	飛機師
tukang masak	廚師	tukang jahit	裁縫師	tukang kayu	木匠
usahawan	企業家	pustakawan	圖書館員	wartawan	記者

四 Latihan 學習總複習

A. 聽力練習 🔊 MP3-24

聆聽MP3，並請在空格處填上正確答案。

Anwar: Selamat pagi, puan.

Siti: (1)_____.

Anwar: Apa nama kamu?

Siti: Nama saya Siti. (2)_____?

Anwar: Nama saya Anwar Ibrahim.

    (3)_____?

Siti: Khabar baik. Dan encik?

Anwar: Saya juga baik.

Siti: (4)_____?

Anwar: Dia (5)_____.

B. 翻譯練習

請將下列對話翻譯成馬來語。

1. 你的名字是什麼？

2. 我的名字是 Hassan。

3. 先生（您）的名字是什麼？

4. 我的名字是 Anwar。

5. 他的名字是什麼？

6. 她的名字是 Siti。

7. 他是誰？

8. 他是我的好朋友。

C. 口說練習

請與同學練習下列對話，並將有顏色的字換成不同的單字。

1. Dia siapa?

   Dia kawan saya.

2. Kamu siapa?

   Saya seorang guru.

D. 寫作練習

請寫一篇文章介紹自己以及家人的工作。

 好歌大家聽

1. 歌手：Shila Amzah
   歌曲：Aku Kau & Dia
2. 歌手：Ainan Tasneem
   歌曲：Aku suka dia

 你說什麼呀！？ MP3-25

- Walao, jialat! 哇，慘了！

- Korang ah *troublesome* betul! 你們這些人真麻煩！

註：「walao」是表達驚嘆的語助詞，類似台灣說的「哇里勒」。「jialat」是福建話「吃力」的意思，原意指「辛苦」，有時候也表達情況危急。

註：「korang」是「kau orang」的縮寫，意思是「你們這些人」。

馬來西亞人的名字

　　關於馬來西亞人的名字，首先我們有個前提：馬來西亞是個多元族群的國家，不同族群有不同取名字的方式，所以沒有統一命名的規則。這裡介紹三大族群，即馬來人、華人和印度人中，比較常見的命名方式。

　　首先，馬來人大部分是「本名＋本名制」，這個方式多見於穆斯林，例如：「Hussein Abdullah」，完整的名字是「Hussein bin Abdullah」，其中男子的名字是「Hussein」，而他爸爸的名字是「Abdullah」；又如：「Siti binti Abdullah」，女子的名字是「Siti」，她爸爸是「Abdullah」。（「bin」來自阿拉伯語，意思是「～的兒子」；「binti」是「～的女兒」。）

　　至於馬來西亞華人，大部分是直接用中文名字的翻譯，只不過，中文名字一般需要用不同的方言來發音。同一個名字，例如：王發財，因為籍貫不同，會有不同的馬來語名字，可能是「Wong Fat Choi」，也可能是「Ong Huat Chai」，所以一般只要看對方的姓氏，我們就可以猜出來他的籍貫是什麼。

另外，在馬來西亞的印度人的名字也很有趣，基本上也採用「本名＋本名制」，例如：印度男子的名字是「Kumar A/L Subramaniam」，他的本名是「Kumar」，他爸爸的名字是「Subramaniam」；而女生可能叫做「Prima A/P Subramaniam」，她的本名是「Prima」，她爸爸的名字一樣是「Subramaniam」。（「A/L」的意思是「Anak Laki-laki」（兒子），「A/P」是「Anak Perempuan」（女兒）。）

 你知道嗎？

　　有一個地方，在馬來西亞到處都看得到，出現的頻率幾乎和「tandas」（廁所）一樣多，你能想到是什麼地方嗎？

　　答案就是「surau」（祈禱室）。在車站、火車站、購物中心裡都會看得到，有時候會搭配星星和新月的標誌。祈禱室專門讓出門在外的穆斯林祈禱之用，因為是神聖的地方，所以不能隨便闖入喔！

5

Kamu dari mana? / Kamu tinggal di mana?

你來自哪裡？/ 你住在哪裡？

學習重點

1. 學習「Dari mana?」（你來自哪裡？）的說法。
2. 學習「Di mana?」（在哪裡？）的說法。
3. 學習馬來語的否定詞「tidak」（不、沒）和「bukan」（不是）。
4. 學習疑問代名詞「dari mana」（來自哪裡）、「di mana」（在哪裡）的用法。
5. 學習轉折語意的連接詞「kalau」（如果）、「tetapi / tapi」（但是）的用法。
6. 學習指示詞「sini」（這裡）和「sana」（那裡）的用法。
7. 學習主要動詞、地點和國家的名稱。

Naik dari janjang,
turun dari tangga.
按部就班。

一 Kamu dari mana? 你來自哪裡？

MP3-26

Nurul: Tumpang tanya, encik. Tandas di mana?

Hassan: Maaf, saya tidak tahu. Saya bukan orang tempatan.

Nurul: Kamu datang dari mana?

Hassan: Saya dari Singapura.

Nurul: Kalau dari Singapura, memang tahu cakap Bahasa Melayu.

Hassan: Kamu dari mana?

Nurul: Saya dari Indonesia, tetapi sekarang tinggal di Kuala Lumpur.

重點生字！

tandas	廁所	tidak	不	tahu	知道
bukan	不是	tempatan	當地	datang	來、到達
dari	來自	mana	哪裡	kalau	如果
memang	真的、的確	cakap	説	tetapi	但是
sekarang	現在				

 中文翻譯：

Nurul：　請問，先生。廁所在哪裡？

Hassan：抱歉，我不知道。我不是當地人。

Nurul：　你來自哪裡？

Hassan：我來自新加坡。

Nurul：　如果來自新加坡，的確是會說馬來語。

Hassan：妳從哪裡來？

Nurul：　我來自印尼，但是現在住在吉隆坡。

文法真簡單（一）

① 否定詞「tidak」（不、沒）和「bukan」（不是）的用法

　　馬來語中，有好幾個字都可以當作否定詞，例如：「tidak」（不、沒）、「tak」（不）、「bukan」（不是）、「belum」（還沒）等，可使用在不同的情境中。

（1）「tidak / tak」（不、沒）

　　「tidak」是最普遍的否定詞，使用時要加在動詞、形容詞或副詞的前面。「tak」是「tidak」的簡寫。

例如

- Tidak mahu. / Tak mahu.　　不要。
- Tidak baik. / Tak baik.　　不好。
- Tidak ada. / Tak ada.　　沒有。

（2）「bukan」（不是）

　　「bukan」一般加在名詞、代名詞和介詞之前，也可加在動詞的前面，表示否定某個情景的意思。

例如

- Ini bukan baju saya.　　這不是我的衣服。
- Bukan saya.　　不是我。

② 詢問他人「Dari mana?」（來自哪裡？）的用法

　　遇到剛認識的朋友，通常會詢問他來自何方。「dari mana」這個字，「mana」是「哪裡」的意思，而「dari」就如同英語的「*from*」，是「來自」的意思。

例如

- Dari mana? 　　　　　　　　　　　來自哪裡？
- Dari Taipei. 　　　　　　　　　　來自台北。
- Kamu datang dari mana? 　　　　　你來自哪裡？
- Saya datang dari Taiwan. 　　　　　我來自台灣。

③ 轉折連接詞「tetapi / tapi」（但是）的用法

　　轉折連接詞「tetapi」是正確完整的寫法，而「tapi」是比較口語的用法。「tetapi / tapi」可以連接兩個具有轉折意思的單字或分句，但只能加在句子中間，不能放在句首。

例如

- Anak saya pandai tetapi malas. 　　　　　我的孩子聰明，但是懶惰。
- Saya suka makan nasi tetapi dia tidak suka. 　我喜歡吃飯，但是他不喜歡。

④ 轉折連接詞「kalau」（如果）的用法

　　「kalau」是「如果」的意思，在口語上常聽見，意思衍生成「那……、如果是……」的意思。「kalau」可以加在句子中間，也可加在句首。「kalau」有很多同義字，例如：「jika」（如果）、「jikalau」（如果）等。

例如

- Saya mahu beli kereta kalau saya ada wang. 　如果我有錢，我要買車。
- Jika tidak mahu beli kereta, kamu mahu beli apa? 　如果不買車，你要買什麼？

練習一下（1）

請將下列句子翻譯成馬來語。

1. 你來自哪裡？

2. 我來自台灣。

3. 我不是台灣人。

4. 我來自台灣，但是我現在住在新加坡。

5. 如果我有錢，我要買車子。

6. 我沒有錢。

二 Tinggal di mana? 住在哪裡？

MP3-27

Hassan: Kamu tinggal di mana sekarang?

Nurul:　Saya tinggal di Bandar Taipei sekarang.

Hassan: Kamu bekerja di Taipei juga?

Nurul:　Tidak, saya seorang mahasiswa.

Hassan: Kamu belajar di mana?

Nurul:　Saya belajar di Tainan. Di sana, ada banyak makanan yang sedap.

重點生字！

tinggal	住	bandar	城市	bekerja	工作
mahasiswa	大學生	belajar	學習	sana	那裡
banyak	很多	makanan	食物	yang	的
sedap	美味				

 中文翻譯：

Hassan：妳現在住在哪裡？

Nurul：　我現在住在台北市。

Hassan：妳也在台北工作？

Nurul：　不，我是一位大學生。

Hassan：妳在哪裡學習（唸書）？

Nurul：　我在台南唸書。在那裡有很多美味的食物。

文法真簡單（二）

① 「Di mana?」（在哪裡？）的用法

　　在馬來語的對話中，什麼時候會用到「di mana」呢？像是在問過名字之後，我們接著會詢問對方住在哪裡。或者今天跟朋友約好見面，會問他人在哪裡。更進一步地，還會問別人在哪裡工作、在哪裡唸書、某個地方在哪裡、在哪裡出生等等。而「di」就如同英語的「*at*」，是「在」的意思。

例如

- Kamu berada di mana?　你在哪裡？
- Kamu bekerja di mana?　你在哪裡工作？
- Kamu belajar di mana?　你在哪裡學習（唸書）？

② 指示詞「sana」（那裡）和「sini」（這裡）的用法

　　在馬來語中，用「sana」和「sini」來表達靠近的地點。另外，「sana」也可以用「situ」做代換。

例如

- Di sana.　　　　　　在那裡。
- Di sini.　　　　　　在這裡。

練習一下（2）

請將下列句子翻譯成馬來語。

1. 你住在哪裡？

2. 我住在台北市。

3. 你在哪裡工作？

4. 我在吉隆坡工作。

5. 你在哪裡唸書？

Kosa Kata Penting 重要詞彙

🔊 MP3-28

主要動詞

berada	在（位置）	bekerja	工作	belajar	學習
lahir	出生	tinggal	住	berjalan-jalan	逛逛

主要地點

pasar	市場	sekolah	學校	pejabat	辦公室
masjid	清真寺	gereja	教堂	kuil	廟
bandar	城市	pusat bandar	市中心	lapangan terbang	飛機場

國家

Taiwan	台灣	Jepun	日本	Malaysia	馬來西亞
Amerika Syarikat	美國	Korea	韓國	Singapura	新加坡
England	英國	China	中國	Perancis	法國
Jerman	德國	Sepanyol	西班牙	Asia Tenggara	東南亞
Mesir	埃及	Brunei	汶萊	Afrika Selatan	南非

四 Latihan 學習總複習

A. 聽力練習 🔊 MP3-29

聆聽MP3，並請在空格處填上正確答案。

A：Kamu (1)_____?

B：Saya dari Malaysia.

A：Kamu (2)_____?

B：Saya lahir di Kuala Lumpur.

A：Sekarang kamu (3)_____?

B：Saya tinggal di Taipei.

A：Kamu (4)_____?

B：Saya bekerja di Taipei.

A：Kamu di mana sekarang?

B：Saya (5)_____.

B. 翻譯練習

請將下列句子翻譯成馬來語。

1. 我是台灣人，但是我現在住在馬來西亞。

2. 如果你去市場，你要買什麼？

3. 你來自哪裡？

4. 我不是馬來西亞人。

5. 我來自台灣。

C. 口說練習

請與同學練習下列對話，並將有顏色的字換成不同的單字。

1. Kamu dari mana?

   Saya dari Taiwan.

2. Kamu bekerja di mana?

   Saya bekerja di Taipei.

3. Kamu di mana sekarang?

   Saya di pejabat.

 好歌大家聽

歌手：Judika
歌曲：Bukan dia tapi aku

D. 寫作練習

請寫一篇文章介紹自己來自哪裡以及在哪裡唸書或工作。

 你說什麼呀！？ 🔊 MP3-30

- Jom, kita pergi makan.　　來吧，我們去吃飯。
- Jom, balik kampung.　　來吧，我們回家。

註：「jom」當作呼喚別人一起做某件事的語助詞，可說是「來吧！」之意。

馬來西亞的國家宗教是伊斯蘭教

　　馬來西亞的國家宗教是伊斯蘭教。伊斯蘭教的象徵是新月和星星。通常是在新月開口的地方有星星，成為「弦月抱星」的形式。馬來西亞的國旗上，就有新月和星星。

　　然而，馬來西亞其實是多元族群及多元宗教的國家，基本上除了馬來人之外，其他族群享受宗教自由，因此除了伊斯蘭教的主要節日是國定假日之外，其他宗教的節日，在馬來西亞也是國定假日喔！也因此，聖誕節、排燈節、大寶森節等其他宗教的節日，各族群會互相祝賀，這時候到馬來西亞去旅遊的話，會發現大街小巷都有相關的裝飾或祝福語喔！

在馬來西亞常見的宗教，除了伊斯蘭教之外，還有基督教、天主教、佛教、印度教及道教。華人大多數信仰佛教或道教，因此也會看到燒香拜拜，或是神明誕辰遶境的活動。我曾經參與過在霹靂州（Perak）十八丁（Kuala Sepetang）的玄天上帝誕辰，遊街當天，還有來自台灣的電音三太子喔，非常熱鬧！

有時候，在同一條街上，會看到清真寺、土地公廟、還有印度廟，可說充分彰顯馬來西亞多元宗教的面貌。因此，有機會一定要去體驗一下馬來西亞的多元文化。

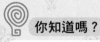 你知道嗎？

在馬來西亞除了各大世界宗教之外，還有一些在地化的信仰。例如：華人移居到當地之後，把一般生活上會拜的土地公，穿上馬來人的服飾，名稱也變成了「拿督公」。「拿督」這個名稱來自馬來語「datuk」，指「爺爺、公公」或年長值得尊敬的男性。因此，兩種文化交會之下，形成了在馬來西亞特有的信仰。有機會到馬來西亞華人社區去，尋找「拿督公」的蹤跡吧！

6

Angka Satu Dua Tiga

數字 1、2、3

學習重點

1. 學習1、2、3等數字。
2. 學習以「1」為起頭數字的說法。
3. 學習「十幾」以及「十位數」數字的說法。
4. 學習「百位數」、「千位數」、「百萬位數」數字的說法。
5. 學習「你的電話幾號？」的說法。
6. 學習疑問代名詞「berapa」（多少）的用法。
7. 學習序號的說法。

生活智慧

Telur dua sebandung,
pecah satu pecah kedua.
生死與共。

一 Angka 數字：0 到 30

MP3-31

馬來語的數字有幾個規則，像是0到9有特定的說法、11到19用「belas」，而十位數用「puluh」。

馬來語數字的唸法

0	kosong				
1	satu	11	sebelas	21	dua puluh satu
2	dua	12	dua belas	22	dua puluh dua
3	tiga	13	tiga belas	23	dua puluh tiga
4	empat	14	empat belas	24	dua puluh empat
5	lima	15	lima belas	25	dua puluh lima
6	enam	16	enam belas	26	dua puluh enam
7	tujuh	17	tujuh belas	27	dua puluh tujuh
8	lapan	18	lapan belas	28	dua puluh lapan
9	sembilan	19	sembilan belas	29	dua puluh sembilan
10	sepuluh	20	dua puluh	30	tiga puluh

 重點生字！

belas 十幾（11-19的十位數）	puluh 十位數

文法真簡單（一）

① 以1為起頭的數字

　　馬來語中，10、100、1000等以1為起頭的數字，不會用「satu」（1），而是用特殊前綴「se-」加在十位數「puluh」、百位數「ratus」、千位數「ribu」等的前面，形成「sepuluh」（10）、「seratus」（100）、「seribu」（1000）等。特別是10，一般固定會使用「sepuluh」。

例如

| 10 | = | se＋puluh | = | sepuluh |
| 11 | = | se＋belas | = | sebelas |

② 十幾以及十位數

　　馬來語的11到19使用的是「belas」，而十位數固定用「puluh」。

例如

12	=	dua＋belas	=	dua belas
20	=	dua＋puluh	=	dua puluh
22	=	dua＋puluh＋dua	=	dua puluh dua

③ 百位數、千位數、百萬位數

馬來語另外還有百位數「ratus」、千位數「ribu」、百萬位數「juta」。

百位數、千位數、百萬位數	
一百（100）	seratus
一千（1,000）	seribu
十千／一萬（10,000）	sepuluh ribu
一百千／十萬（100,000）	seratus ribu
一百萬（1,000,000）	sejuta

練習一下（1）

連連看，配對正確的答案。

0	dua
1	tujuh
2	lapan
3	empat
4	sembilan
5	lima
6	sepuluh
7	satu
8	tiga
9	kosong
10	enam

二 Nombor telefon kamu berapa? 你的電話號碼幾號？

MP3-32

Hassan: Halo, cantik.

Siti: Ya, ada apa hal?

Hassan: Boleh kasih saya nombor telefon kamu?

Siti: Boleh, nombor saya 012-345-6789.

Nombor telefon kamu berapa?

Hassan: Nombor telefon saya 0912-345-678.

Umur kamu berapa?

Siti: Umur saya lapan belas tahun.

Hassan: Kamu cinta pertama saya!

重點生字！

halo	哈囉	hal	事情	boleh	可以
nombor	號碼	telefon	電話	berapa	多少
umur	年齡	tahun	歲、年	pertama	第一

 中文翻譯：

Hassan：哈囉，美女。

Siti：　是，有什麼事嗎？

Hassan：可以給我妳的電話號碼嗎？

Siti：　可以，我的電話號碼是012-345-6789。

　　　　你的電話幾號？

Hassan：我的電話是0912-345-678。

　　　　妳幾歲（妳的年齡是多少）？

Siti：　我18歲（我的年齡是18歲）。

Hassan：妳是我的初戀！

文法真簡單（二）

① 疑問代名詞「berapa」（多少）的用法

一切跟數字有關的疑問代名詞，一律使用「berapa」，包含電話號碼、年齡，以及未來的課程中會討論到的價格、時間、日期等。

例如

- Nombor telefon kamu <u>berapa</u>?　　你的電話號碼幾號？
- Umur kamu <u>berapa</u>?　　你幾歲？

② 「序號」的用法

在馬來語裡，只需在數字的前面加上「ke-」，就代表序號。但是「第一」是例外，要用「pertama」。此外，如果序號採用數字的寫法，則一定要在數字前面加上標點符號「-」，例如：「ke-2」。

馬來語的序號寫法

序號	馬來語寫法	數字寫法
第一	pertama	ke-1
第二	<u>ke</u>dua	ke-2
第三	<u>ke</u>tiga	ke-3
第二十一	<u>ke</u>dua puluh satu	ke-21

要注意，序號是擺放在名詞的後面，作形容詞用。下列例子比較序號和數字句型的不同。

例如

- Saya anak <u>ke</u>tiga.　　我是排行第三的小孩。
- Saya ada tiga anak.　　我有3個小孩。

練習一下（2）

請將下列句子翻譯成馬來語。

1. 你的電話號碼幾號？

2. 可以給我你的電話號碼嗎？

3. 你幾歲？

4. 我 18 歲。

三 Kosa Kata Penting 重要詞彙

MP3-33

數字的單位

belas 十幾（11-19的十位數）		puluh	十位數	ratus	百位數
ribu	千位數	puluh ribu	萬、十千	ratus ribu	十萬、百千
juta	百萬位數				

數字的序號

pertama	第一	kedua	第二	ketiga	第三

四　Latihan 學習總複習

A. 聽力練習

請同學一起來玩馬來語數字版的bingo：

（1）將數字1～25任意填在下列25個空格中（寫上阿拉伯數字即可）。

（2）請班上同學輪流用馬來語唸出數字，一個人唸一個。

（3）其他同學則將聽到的數字圈起來。

（4）輪流唸出數字，直到有同學畫出3條bingo為優勝。

B. 翻譯練習

請寫出對應的馬來語。

1. 23 _____   5. 12 _____

2. 15 _____   6. 20 _____

3. 11 _____   7. 第二 _____

4. 10 _____   8. 第一 _____

C. 口語練習

請與同學練習下列數字遊戲。

1. 用撲克牌玩馬來語版本的心臟病。

2. 翻開撲克牌，看誰先說出牌上的數字。

D. 寫作練習

請寫一篇作文介紹自己，需包含電話號碼和年齡。

 好歌大家聽

歌手：Judika

歌曲：Cinta Satukan Kita

🔦 你說什麼呀！？　🔊 MP3-34

- Ei, nak makan ke?　　喂，要吃東西嗎？
- Abuden?　　　　　　啊不然咧？

註：「nak」是口語的「要」的意思。

馬來西亞的國家象徵

　　除了國旗、國歌和國徽之外，馬來西亞還有其他幾個有名的國家象徵。這些國家象徵在生活各處都看得到，例如：商家的標誌、旅遊宣傳照等等，所以馬來西亞人一看到這些圖示，可以立刻跟家鄉聯想在一起喔。

　　馬來西亞的國花是大紅花，也叫做木槿花。其實木槿花有很多顏色，但馬來西亞的國花用的是大紅色的木槿花，所以也稱作大紅花（Bunga Raya）。木槿花也有別的名稱，例如：朱槿花、大紅袍、扶桑花等等。所以很多商店或者商行也會以大紅花為名。

　　另外一個最有名的花朵，是世界上最大的花，叫作萊佛士花（Bunga Rafflesia）。萊佛士花不像一般的植物靠光合作用來吸收能量，而是必須生長在葡萄藤之類的熱帶植物上。萊佛士花沒有根、莖、葉，只有大大的幾片花瓣。從長出花苞到開花，差不多需要九、十個月的時間。在開花的時候，會發出腐肉味

的氣味，靠吸引廁蠅與甲蟲為其傳粉。萊佛士花通常只會生長在高山上、森林深處。當它盛開的時候，有機會長到直徑1.5公尺喔！

除了植物之外，你知道最能代表馬來西亞的動物是什麼嗎？很多人或許想要回答馬來貘。雖然說的也沒錯，但老虎才真的是最具代表的動物。很早以前，在馬來半島還沒開發之前，據說森林裡處處可見老虎喔！所以，老虎可說是馬來本土的動物，也因此，馬來亞銀行（Maybank）選擇了老虎頭作為銀行的標誌。

當然，除了老虎之外，還有紅毛猩猩（orang utan）也是代表性的動物。紅毛猩猩棲居在馬來半島和婆羅洲，近年來隨著棕櫚樹種植區域越來越擴大，導致很多森林的樹木被砍伐，嚴重影響了紅毛猩猩的生長環境。因此，也有很多紅毛猩猩的保育團體，在各地努力維護他們的棲息地。

有機會，或許可以到馬來西亞的國家公園去露營，體驗一下熱帶雨林的感覺喔！

 你知道嗎？

　　馬來語數字的唸法，其實跟很多原住民的語言也有相通之處喔！最多共通點的字就是「5」！相似字例如：
「empat」（4）：東、北排灣語的「sepatj」；撒奇萊雅語、阿美語的「sepat」等。
「lima」（5）：東、北排灣語的「lima」；阿美語的「lima」；撒奇萊雅語、卑南語的「lima」等。
「enam」（6）：東、北排灣語的「unem」；撒奇萊雅語、阿美語的「enem」等。
「sepuluh」（10）：東排灣語的「tapuluq」、北排灣語的「pulu'」；卑南語、南勢阿美語的「pulu'」等。

7

Ini apa? Ini baju batik.

這是什麼？這是蠟染衣。

學習重點

1. 學習「這是什麼？」、「那是什麼？」的問法。
2. 學習指示詞「ini」（這）和「itu」（那）的用法。
3. 學習動詞「mahu」（要）和「nak」（要）的異同。
4. 學習副詞「banyak」（多）的用法。
5. 學習介係詞「untuk」（為了、對……來說、給）的用法。
6. 學習關於「Ada......tak?」（有……嗎？）的問句形式。
7. 學習語助詞「-lah」（啦）的用法。
8. 學習特殊紀念品、主要生活物品、主要形容詞的說法。

Sayangkan kain buang baju,
sayangkan lain buangkan aku.
喜新厭舊。

一 Ini apa? 這是什麼？

🔊 MP3-35

Rosmah: Ini apa?

Penjual: Ini baju batik dari Terengganu.

Rosmah: Itu apa?

Penjual: Itu namanya gasing.

Rosmah: Saya nak beli dua gasing ini. Semua berapa harga?

Penjual: Semua RM 50.

Rosmah: Boleh kurang sedikit?

Penjual: Boleh, RM 45 lah.

重點生字！

ini	這	batik	蠟染	itu	那
gasing	陀螺	beli	買	semua	全部
harga	價格	kurang	減少	sedikit	一點點

 中文翻譯：

Rosmah： 這是什麼？

賣家： 這是來自登嘉樓州的蠟染衣。

Rosmah： 那是什麼？

賣家： 那個叫作陀螺。

Rosmah： 我要買這兩個陀螺。全部多少錢？

賣家： 全部50令吉。

Rosmah： 可以減一點嗎？

賣家： （那就）45令吉就好。

 小提醒

1. 「令吉」是馬幣「Ringgit Malaysia」的中文翻譯，一般上縮寫成「RM」。

2. 對話中的「lah」是常見語助詞，類似中文的「啦」的感覺。在本課文法真簡單（二）將有更詳細的說明。

3. 對話中最後一句「（那就）45令吉就好。」也可以說「RM 45 sajalah.」。副詞「saja」非常普遍，通常需要強調「只有、而已」的時候，就可以使用「saja」，例如：「Satu saja.」（只有一個而已。）

文法真簡單（一）

① 指示詞「ini」（這）和「itu」（那）的用法

馬來語中，經常會使用「ini」和「itu」來表達某個東西、某件事或某個人，是重要的指示詞。當「ini」或「itu」放在句子的前面時，就表示「這是」或「那是」的意思。

例如

- Ini rumah. 這（是）房子。
- Ini rumah saya. 這（是）我的房子。
- Itu kereta. 那（是）車子。
- Itu kereta saya. 那（是）我的車子。

而另一種用法是把「ini」或「itu」放在名詞後面，表示「這個」或「那個」的意思。

例如

- rumah ini 這間房子
- Saya tinggal di rumah ini. 我住在這間房子裡。
- kereta itu 那台車子
- Kereta itu sangat besar. 那台車子很大。

② 「Ini apa?」（這是什麼？）、「Itu apa?」（那是什麼？）的問法

「Ini apa?」、「Itu apa?」是基本問句。通常當我們需要知道某個物品的名稱時，都可以用這一句來詢問。疑問代名詞「apa」（什麼）可以放在句首，也可以放在句尾。

例如

- Ini apa? 這是什麼？

- Apa <u>ini</u>? 這是什麼？
- <u>Itu</u> apa? 那是什麼？
- Apa <u>itu</u>? 那是什麼？

③ 討價還價的說法

　　在馬來西亞的旅遊景點，通常會有一些紀念品店。在這些地方大部分是可以討價還價的。當然如果能夠用馬來語來討價還價，應該會得到更好的價格。所以，怎麼殺價的說法一定要學起來。

例如

- Boleh kurang sedikit? 可以減一點嗎？
- Boleh murah sedikit? 可以便宜一點嗎？

④ 動詞「mahu」（要）和「nak」（要）的異同

　　在馬來語中的「要」有兩個主要的說法，一個是「mahu」，比較正式，另一個是「nak」，比較口語。

例如

- Kamu <u>mahu</u> makan apa? 你要吃什麼？
- Kamu <u>nak</u> makan apa? 你要吃什麼？

練習一下（1）

請將下列句子翻譯成馬來語。

1. 這台車子很大。（sangat 很、besar 大）

2. 這是我的車子。

3. 那房子很美。

4. 那是我的房子。

5. 可以減一點嗎？

Kalau beli banyak, ada diskaun tak? 如果買多，有折扣嗎？

🔊 MP3-36

Rosmah: Saya nak beli baju batik ini.

Penjual: Ya, ini memang baju batik yang cantik.

Rosmah: Kalau beli satu, berapa?

Penjual: Satu, RM 25.

Rosmah: Kalau beli banyak, ada diskaun tak?

Penjual: Tiga untuk RM 60.

Rosmah: Tiga RM 50 boleh?

Penjual: RM 55 bolehlah.

重點生字！

nak	要	ya	是	memang	的確
banyak	很多	untuk	為了	penjual	賣家

 中文翻譯：

Rosmah： 我要買這件蠟染衣。

賣家： 是的，這是一件美麗的蠟染衣。

Rosmah： 如果買一件，多少錢？

賣家： 一件25令吉。

Rosmah： 如果買多，有折扣嗎？

賣家： 三件60令吉。

Rosmah： 三件50令吉可以嗎？

賣家： 55令吉可以啦！

文法真簡單（二）

① 副詞「banyak」（多）的用法

副詞「banyak」形容數量，包含可數和不可數，因此，也有「非常」的意思。

例如

- Ada banyak orang di sana. 　　　　　　那裡有很多人。
- Terima kasih banyak. 　　　　　　　　非常謝謝。

② 「Ada......tak?」（有……嗎？）的問句形式

詢問「Ada.......tak?」是常見的疑問句型。通常用於詢問有無某個物品，特別是在購物的時候。

例如

- Ada diskaun tak? 　　　　　　　　　有折扣嗎？
- Ada orang tak? 　　　　　　　　　　有人嗎？

③ 介係詞「untuk」（為了、對……來說、給）的用法

「untuk」的用法如同英語的「*for*」。其功能有兩個：（1）放在人、名詞等前面，用來表示「理由」或「對象」（2）放在句子前面，用來表達有關聯性的事物。

例如

（1）用在人、名詞等前面，用來表示「理由」或「對象」：

- Ibu membeli baju untuk ayah. 　　　　媽媽買衣服給爸爸。
- Kamu belajar Bahasa Melayu untuk apa? 　你為了什麼學習馬來語？

（2）放在句子前面，用來表達有關聯性的事物：

- Untuk kesihatan, saya harus minum teh.　　為了健康，我應該喝茶。
- Untuk saya, buku ini bagus sekali.　　對我來説，這本書好極了。

④ 語助詞「-lah」（啦）的用法

　　馬來語中，有時會在字根後加上語助詞，以表達某些情緒或語氣。語助詞「-lah」有「感嘆」、「無奈」、「不耐煩」、「乾脆」、「撒嬌」等意思。

例如

- Baiklah!　　　　　　　　　好吧！
- Bolehlah!　　　　　　　　可以啦！
- Tak bolehlah!　　　　　　不行啦！

練習一下（2）

請將下列句子翻譯成馬來語。

1. 有折扣嗎？

2. 有蠟染衣嗎？

3. 為了什麼？

4. 這個給你。

5. 不行啦！

三 Kosa Kata Penting 重要詞彙

🔊 MP3-37

馬來西亞特殊紀念品

baju batik	蠟染衣	kebaya 馬來傳統服裝格芭雅		wayang kulit	皮影戲
gong	銅鑼	wau	風箏	gasing	陀螺
congkak	馬來童玩	kain batik	蠟染布	sarung	沙龍布

日常生活用品

meja	桌子	kerusi	椅子	baju	衣服
kasut	鞋子	seluar	褲子	sarung kaki	襪子
surat khabar	報紙	buku	書	majalah	雜誌

常用形容詞

besar	大	kecil	小
cantik	美	hodoh	醜
panjang	長	pendek	短、矮
tinggi	高	rendah	低矮
bersih	乾淨	kotor	骯髒

四 Latihan 學習總複習

A. 聽力練習 🔊 MP3-38

聆聽MP3，並請在空格處填上正確答案。

A：Selamat datang, puan.

B：Malam, pak. (1)_____?

A：Ya, ada (2)_____ yang cantik.

B：Saya (3)_____.

A：Baju kebaya ini (4)_____.

B：Saya juga nak beli (5)_____.

A：Ini dia. Nak apa lagi?

B：Itu saja.

B. 翻譯練習

請將下列句子翻譯成馬來語。

1. 媽媽買衣服給爸爸。

2. 那裡有很多人。

3. 我要買這件蠟染衣。

4. 這（是）我的房子。

5. 我住在這間房子裡。

C. 口說練習

請與同學練習下列對話，並將有顏色的字換成不同的單字。

1. Ini apa?

   Ini baju batik.

2. Kamu nak beli apa?

   Saya nak beli baju batik ini.

D. 寫作練習

請寫一篇文章描述你去旅遊時為家人、朋友所買
的東西，以及它們的價格。

 好歌大家聽

1. 歌手：Repvblik
   歌曲：Sandiwara Cinta
2. 歌手：Anji
   歌曲：Dia
3. 歌手：Virgoun
   歌曲：Surat Cinta untuk Starla

 你說什麼呀！？ MP3-39

- Diamlah lu!　　　閉嘴啦你！
- Duduk diam-diam!　安靜坐著！

美麗的傳統高腳房屋

　　提到建築物，在馬來西亞的很多內陸地區或鄉村，還能夠看到很多干欄式的建造方式：地板架空、離地約100～120公分、由竹子或木頭組合而成。這顯然很適合當地的季風氣候，不但有助於避免下雨所造成的泥巴，對驅趕蚊蟲、清除垃圾等也都很有效、方便。而建材大部分來自當地的木材，當地很多木材是非常好的木頭，有防白蟻的功能，如果沒有木頭，就會用竹子，就地取材的風格是他們與自然環境相處的方式。至於屋頂，通常會用椰葉，而茅草也是最常見的建材之一，當然現在很多已經用瓦片取代。

　　這樣的房子形式，和傳統馬來社會的觀念也有很大的關係。在馬來半島和婆羅洲的原始社會相信，居住在上層是神、中層是人、下層是動物和其他低階的神靈。從他們的房子來看，將房子架高，地上用來飼養動物，而中層也就是房子的架構本身，人住在裡面，而閣樓或屋頂就是供奉祖先的地方。

馬來語裡的「semangat」，是靈、精神、氣的意思。在傳統泛靈信仰中，任何有生命或無生命的存在都可能有「semangat」。在馬來西亞內陸，有一些原住民族仍然維持泛靈信仰。例如：樹木有樹靈，因成熟的樹裡住著神靈，所以如果要砍伐木頭用來建造家屋，必須有特殊的儀式，由巫師請神靈離開。而有些狀況則是在房屋建造完成之後，屋子的靈就會進來。或者當房子在建造的過程中、或要完成時，通常會有儀式來慶祝。也有的情況是使用樹幹來建造房子，其根部必須著地，樹幹彷彿跟著房子一起長大，如此一來，房子也就成了有生命的物品，若要說「這些房子是活的」也不為過！下次經過這些傳統房子，記得跟它們打個招呼，問問「Apa khabar?」（你好嗎？）囉！

 你知道嗎？

馬來語也是南島語系的其中一支，和台灣南島語族有很多單字很相近喔！所以如果有學習過其他南島語，就會覺得很有親切感！

從「家」的名稱，就可以發現很多有趣的地方，例如：馬來語和印尼語稱「rumah」、阿美語稱「roma」或「loma」、東排灣語稱「umaq」、北排灣語稱「uma'」、布農語（卓群）稱「lumaq」、知本卑南語稱「ruma'」、撒奇萊雅語稱「luma'」，是不是感覺一家親呢？

8

Kamu mahu oder apa?

你要點什麼餐?

學習重點

1. 學習「sudah......belum?」（已經……了嗎？）的問法。
2. 學習副詞「lagi」（再、還）的用法。
3. 學習連接詞「sama」（和、同、跟、一樣、一起）的用法。
4. 學習連接詞「atau」（或、還是）的用法。
5. 學習「Apa yang......?」（什麼是……？）的句型。
6. 學習副詞「harus」（需要）的用法。
7. 學習否定祈使句「jangan」（別、勿）的用法。
8. 學習疑問代名詞「bagaimana」（怎麼、怎麼樣、如何）的用法。
9. 學習副詞「sekali」（～極了、一次）的用法。
10. 學習主食、肉類、食物和飲料的説法。

Jangan bawa resmi ayam,
bertelur sebiji riuh sekampung.
好大喜功。

一　Sudah oder belum? 點餐了嗎？

MP3-40

Pelayan: Selamat datang, sudah oder belum?

Aisyah:　Belum lagi.

Pelayan: Nak makan apa?

Aisyah:　Nasi lemak satu sama ayam goreng satu.

Nina:　　Roti canai satu.

Pelayan: Minum?

Aisyah:　Teh tarik dua.

Pelayan: Teh tarik panas atau ais?

Aisyah:　Satu panas, satu ais.

 重點生字！

oder	訂購	lagi	再、還	nasi lemak	椰漿飯
sama	和、同	ayam goreng	炸雞	roti canai	印度甩餅
minum	喝	teh tarik	拉茶	panas	熱
ais	冰				

 中文翻譯：

服務員： 歡迎光臨，點餐了嗎？

Aisyah： 還沒。

服務員： 要吃什麼？

Aisyah： 一個椰漿飯和一個炸雞。

Nina： 一個印度甩餅。

服務員： 喝的呢？

Aisyah： 兩杯拉茶。

服務員： 拉茶要熱的還是冰的？

Aisyah： 一杯熱的，一杯冰的。

 小提醒

1. 對話中的「selamat datang」是「歡迎光臨」的意思。
2. 對話中的角色「pelayan」是「服務員」的意思。

文法真簡單（一）

① 「Sudah......belum?」（已經……了沒？）的問法

馬來語中，經常會使用「Sudah......belum?」來詢問一些狀態。回答方式通常就是「sudah」（已經）或「belum」（還沒）。

例如

- Sudah makan belum?　　　吃了沒？
- Sudah oder belum?　　　點餐了沒？

② 副詞「lagi」（再、還）的用法

副詞「lagi」的用法非常廣泛，同時具有「再」和「還」的意思。通常在句中擺放的位置比較彈性，也會搭配一些字來表達「還」的意思。

例如

- Satu lagi.　　　再一個。
- Lagi satu.　　　再一個。
- Belum lagi.　　　還沒。
- Mahu lagi.　　　還要。

③ 連接詞「sama」（和、同、跟、一樣、一起）的用法

連接詞「sama」有非常多意思，若作為「和」的意思的話，是口語的用法。尤其在表達「和」或「跟」的時候，我們會說「sama」。

例如

- Kopi sama susu.　　　咖啡和牛奶。
- Nak makan sama saya?　　　要跟我一起吃嗎？

④ 連接詞「atau」（或、還是）的用法

　　「atau」可以連接單字、分句、子句等，也可以連接兩個名詞、兩個動詞或兩個形容詞。

例如

- Kamu suka makan nasi atau mi?　　　　你喜歡吃飯或麵？
- Kamu mahu makan nasi atau minum kopi?　你要吃飯還是喝咖啡？
- Pelajar itu rajin atau malas?　　　　　那位學生勤奮或懶惰？

練習一下（1）

請將下列句子翻譯成馬來語。

1. 點餐了嗎？

2. 一個椰漿飯和一個印度甩餅。

3. 你要熱咖啡還是冰咖啡？

4. 我還沒吃。

5. 再一個。

Apa yang kamu cadangkan? 你推薦什麼？

🔊 MP3-41

Aisyah: Apa yang kamu cadangkan?

Pelayan: Kamu harus cuba nasi lemak.

Aisyah: Ada apa yang tidak pedas?

Pelayan: Roti canai dan ayam goreng.

Aisyah: Nasi lemak, bagaimana rasanya?

Pelayan: Rasanya sedap sekali.

Aisyah: Nasi lemak dua, jangan taruh sambal.

Pelayan: Baik, saya ulang sekali. Nasi lemak dua, jangan taruh sambal.

Aisyah: Ya, betul.

重點生字！

cadang	建議	harus	必須、應該	cuba	嘗試
pedas	辣	bagaimana	怎麼樣	rasa	味道
sedap	美味、好吃	jangan	別、勿	taruh	放
ulang	重複	sekali	一次	betul	對

 中文翻譯：

Aisyah： 你推薦什麼？

服務員： 你應該試試看椰漿飯。

Aisyah： 有不辣的嗎？

服務員： 印度甩餅和炸雞。

Aisyah： 椰漿飯味道怎麼樣？

服務員： 好吃極了。

Aisyah： 兩個椰漿飯，不要放辣椒醬。

服務員： 好的，我重複一次。兩個椰漿飯，不要放辣椒醬。

Aisyah： 是，對。

文法真簡單（二）

① 「Apa yang......?」（什麼是……的？）的句型

　　在馬來語的問句中，有一種問句形式是用「apa yang」的句型，「yang」（是……的）後面連結短句或形容詞子句。

例如

- Apa yang kamu cadangkan?　你推薦的是什麼？
- Ada apa yang tidak pedas?　有不辣的嗎？

② 副詞「harus」（需要、應該、必須）的用法

　　「需要」在馬來語中有很多表達方式，如果是副詞，我們可以使用「harus」，帶有「需要」、「應該」、「必須」的意思。

例如

- Kamu harus datang.　　　你應該要來。
- Dia harus balik ke rumah.　他需要回家。

③ 否定祈使句、副詞「jangan」（別、勿）的用法

　　「jangan」的用法在馬來語中與「tidak mahu」（不要）不同，主要差別在於「jangan」用在祈使句上，而「tidak mahu」則用在陳述句上。

例如

- Jangan merokok di sini.　　請勿在這裡抽菸。
- Jangan buang sampah di sini.　請勿在這裡丟垃圾。

④ 疑問代名詞「bagaimana」（怎樣、怎麼樣、如何）的用法

　　疑問代名詞「bagaimana」，用法類似英語的「*how about*」、「*how*」。其功能為：（1）詢問方法、做法、方式（2）詢問某件事的結果、狀況（3）詢問看法、意見。在口語上，習慣用「macam mana」（怎麼樣）。

例如

（1）詢問方法、做法、方式

- Bagaimana memasak kari ayam?　　怎麼煮咖哩雞？

（2）詢問某件事的結果、狀況（經常搭配介係詞「dengan」（跟）使用）

- Bagaimana dengan buku ini?　　（你覺得）這本書怎麼樣？
- Bagaimana dengan kamu?　　那你呢？（可用在回覆對方的問候）

（3）詢問看法、意見（經常搭配「kalau」（如果）使用）

- Bagaimana kalau saya pergi dulu?　　如果我先告辭，怎麼樣？

⑤ 副詞「sekali」（～極了、一次）的用法

　　副詞「sekali」有兩個完全不同的意思，一個是「非常、～極了」，另一個是代表次數的「一次」。作為「～極了」時，通常是放在形容詞的後面，同義詞有「sangat」（非常、很），只不過「sangat」須放在形容詞前面。

例如

- Dia cantik sekali.　　他很美。
- Dia sangat cantik.　　他很美。
- Ulang sekali lagi.　　再重複一次。

練習一下（2）

請將下列句子翻譯成馬來語。

1. 你推薦什麼？

2. 你應該吃椰漿飯。

3. 別放辣椒醬。

4. 有什麼是辣的？

5. 我再重複一次。

6. 怎麼煮椰漿飯？

三 Kosa Kata Penting 重要詞彙

🔊 MP3-42

主食

nasi	飯	bubur	粥	roti	麵包
mi	麵	bihun	米粉	kuih	糕點
ketupat	方形飯糰	lontong	圓形飯糰		

肉類

angsa	鵝	ayam	雞	babi	豬
dada ayam	雞胸	itik	鴨子	kambing	羊
lembu	牛	paha ayam	雞腿	sayap ayam	雞翅
ikan	魚	udang	蝦子	ketam	螃蟹

馬來西亞的常見食物

nasi goreng	炒飯	nasi ayam	雞飯	nasi lemak	椰漿飯
nasi briyani	印度薑黃飯	mi goreng	炒麵	bihun goreng	炒米粉
roti bakar	烤麵包	roti canai	印度甩餅	pisang goreng	炸香蕉
kari ayam	咖哩雞	ikan bakar	烤魚	rojak	水果沙拉
sate	烤肉串	tempe goreng	炸黃豆餅	kangkung balacan 辣炒空心菜	
asam laksa	酸辣白麵湯	laksa 海鮮咖哩麵		rendang	乾式咖哩
bah kut teh	肉骨茶	kwe tiau goreng 炒粿條		telur rebus	水煮蛋

馬來西亞的常見飲料

teh	茶	teh panas	熱茶	teh ais	冰茶
kopi	咖啡	kopi panas	熱咖啡	kopi ais	冰咖啡
teh tarik	拉茶	teh O	紅茶	kopi O	黑咖啡
air kelapa muda	椰子水	milo ais	冰美祿	air bali	薏米水

 小提醒

「teh O」和「kopi O」的「O」，唸成注音的「ㄛ」，是「黑」的意思。

四 Latihan 學習總複習

A. 聽力練習 🔊 MP3-43

聆聽MP3，並請在空格處填上正確答案。

Pelayan: Encik, (1)_____?

Hassan: (2)_____?

Pelayan: Nasi briyani dan (3)_____.

Hassan: Untuk minum, (4)_____?

Pelayan: Teh tarik.

Hassan: Kasih saya nasi briyani satu dan (5)_____.

B. 翻譯練習

請將下列句子翻譯成馬來語。

1. 點餐了沒？

2. 你推薦什麼？

3. 你要熱咖啡還是冰咖啡？

4. 要跟我一起吃嗎？

5. 別放辣椒醬。

C. 口說練習

請與同學練習下列對話，並將有顏色的字換成不同的單字。

1. Apa yang kamu cadangkan?

   Nasi lemak.

2. Kamu nak makan apa?

   Kasih saya nasi lemak satu.

D. 寫作練習

請寫一篇文章描述你最推薦的食物。

 好歌大家聽

1. 歌手：Aziz Harun
   歌曲：Jangan
2. 歌手：Cassandra
   歌曲：Kekasih Kedua

 你說什麼呀！？ 🔊 MP3-44

- Wei, lama tak jumpa, hoh say boh?　欸，好久不見，最近好嗎？
- Macam tulah, bolehlah.　　　　　　就那樣囉，還可以啦！

註：「hoh say boh」是福建話「好嗎？」的說法。

來馬六甲古城想像過去的輝煌年代！

　　就算沒到過馬來西亞，一定聽過馬六甲海峽（Selat Melaka）。馬六甲海峽位於馬來半島和蘇門答臘島（Sumatera）之間，位於赤道地區，所以全年風平浪靜，不會受到季風的影響。因此，自七世紀開始就是東西方之間重要的航運通道，也是重要的避風港。

　　在馬六甲海峽上，自古就有不同的大港口，例如：印尼的亞齊（Aceh）、巨港（Palembang），以及馬來西亞的檳城（Penang）、馬六甲（Melaka），當然還有新加坡（Singapura）。舉凡從西方到東方，或者馬來群島之間的貨物流通，都需要經過馬六甲海峽。也因此，其實早在公元七世紀以前，在不同時期，因為有著頻繁的人和物的流通，馬來群島上很早就已經建立各個古王朝。

　　其中，馬六甲蘇丹王朝（Kesultanan Melayu Melaka）始於1402年，以現今的馬六甲市為首都，全盛時期勢力範圍甚至擴張到泰國南部以及蘇門答臘西南部。

馬六甲王朝曾歷經黃金時期，當時明朝使者也與馬六甲皇室有密切的互動，現今馬六甲的博物館內，還收藏了很多明朝的器物。可惜在1511年，西方勢力開始進入東南亞地區，先是葡萄牙入侵了馬六甲，之後荷蘭人和英國人相繼到來。馬六甲經歷了約三百多年的西方政權殖民，直到1957年隨著馬來半島取得獨立，才成為馬來亞聯邦其中的一個州。

因此，馬六甲繼承了東西方多元文化的生活面貌，包括馬六甲蘇丹王朝遺留下來的馬來文化，被官方視為是馬來文明的開端。另外，明朝大使們下西洋，留在馬六甲與當地婦女通婚，兩地文化融合之後，發展出今日的峇峇娘惹文化（Baba Nyonya）。此外，還有西方殖民政權所留下來的建築、生活文化與飲食文化等。這些不同的文化互相交融，形成現今馬六甲特殊的多元面貌。

建議您有機會到馬六甲一趟，來個三天兩夜的小旅行，可以選擇住在文化遺產區裡的精品飯店。這些精品飯店還保留著當時的建築風格，坐在飯店的餐廳裡面，穿著峇峇娘惹的傳統服裝、喝著南洋黑咖啡、吃著海南烤麵包，彷彿回到馬六甲王朝的黃金年代。

 你知道嗎？

馬來西亞一共有兩個古城被列入聯合國教科文組織（UNESCO）世界文化遺產，一個是檳城，另一個是馬六甲。這兩個地點都充分展現了多元文化、多元族群和多元宗教，是經過幾百年的時間不斷交會、融合、衝突之後所形成的多元生活面貌。有機會一定要去現場體驗喔！

9

Yang mana ibu kamu?

哪一個是你媽媽？

學習重點

1. 學習家庭中的稱謂，例如：「adik-beradik」（兄弟姐妹）的用法。
2. 學習連接詞「jadi」（所以）的用法。
3. 學習疑問代名詞「yang mana」（哪一個）的用法。
4. 學習形容詞的連接詞「yang」（的）的用法。
5. 學習副詞「nampaknya」（看起來）的用法。
6. 學習「你結婚了嗎？」、「你有幾個小孩？」的說法。
7. 學習連接詞「supaya」（以便、為了）的用法。
8. 學習家庭成員的說法。

Anak kera di hutan disusui,
anak sendiri di rumah kebuluran.
自顧不暇。

一　Yang mana ibu kamu? 哪一個是你媽媽？

MP3-45

Saiful: Wah, kamu ada keluarga yang besar.

Nina:　Ya, kami lima adik-beradik.

Saiful: Ini datuk dan nenek kamu?

Nina:　Ya, mereka tinggal di kampung di Kedah. Jadi, jauh sekali.

Saiful: Yang mana ibu kamu?

Nina:　Yang tinggi itu.

Saiful: Oh, saya fikir itu kakak kamu.

Nina:　Ya, ibu saya nampaknya masih muda.

重點生字！

keluarga	家庭	adik-beradik	兄弟姊妹	datuk	爺爺、外公
nenek	奶奶、外婆	kampung	鄉村	jadi	所以
jauh	遠	yang mana	哪一個	fikir	想、以為
kakak	姐姐	nampaknya	看起來	masih	還
muda	年輕				

中文翻譯：

Saiful： 哇，妳有一個大家庭。

Nina： 是啊，我們是5個兄弟姐妹。

Saiful： 這是妳爺爺和奶奶？

Nina： 是的，他們住在吉打州的鄉村。所以很遠。

Saiful： 哪一個是妳媽媽？

Nina： 高的那個。

Saiful： 喔，我以為那是妳姐姐。

Nina： 是的，我媽媽看起來還年輕。

文法真簡單（一）

① 「adik-beradik」（兄弟姐妹）的用法

在馬來語中要表達「兄弟姐妹」的概念，用「adik」（弟弟或妹妹）這個字組合而成。「adik-beradik」是指手足。

例如

- Saya ada lima adik-beradik.　　　　我有（我們是）5個兄弟姐妹。
- Saya ada lima lagi adik-beradik.　　我另外還有5個兄弟姐妹。

② 連接詞「jadi」（所以）的用法

連接詞「jadi」是用來連接有結論性質的句子。在用法上，類似英語的「*so*」。

例如

- Saya belum makan, jadi sekarang lapar sekali.
  我還沒吃，所以現在很餓。

- Dia dari Malaysia, jadi tahu cakap Bahasa Melayu.
  他來自馬來西亞，所以會講馬來語。

③ 疑問代名詞「yang mana」（哪一個）的用法

「yang mana」是「疑問代名詞」，意思是「哪一個？」或「哪一種？」，通常用在有選擇之下的問句。

例如

- Yang mana kamu suka?　　　　　你喜歡哪一個？
- Makanan yang mana kamu suka?　你喜歡的食物是哪一個？

④ 形容詞的連接詞「yang」（的）的用法

「yang」是形容詞的連接詞，用來連接名詞和形容詞。然而，「yang」也可以在沒有名詞的情況下直接連接形容詞，此時表示強調、選擇等，相當於中文的「的」。

例如

- Roti canai makanan yang sedap di Malaysia.　印度甩餅是馬來西亞好吃的食物。
- Kamu mahu yang mana?　你要哪一個？
  Yang besar itu.　大的那個。
- Yang mana ibu kamu?　哪一個是你媽媽？
  Yang tinggi itu.　高的那個。

⑤ 副詞「nampaknya」（看起來）的用法

副詞「nampaknya」是常見的用法，通常要表達一種看法或者感覺時，就可以用這個字。「nampaknya」是字根「nampak」（看得到）加上後綴「-nya」的用法。

例如

- Kamu nampaknya letih.　你看起來很累。
- Nampaknya akan hujan.　看起來要下雨了。

練習一下（1）

請將下列句子翻譯成馬來語。

1. 哪一個是你爸爸？

2. 矮的那個。

3. 我有 3 個兄弟姐妹。

4. 我已經吃了，所以不餓。

5. 你看起來很美。

二 Sudah kahwin belum? 結婚了嗎？

MP3-46

Pemandu Teksi: Cik sudah kahwin belum?

Nuraini: Sudah.

Pemandu Teksi: Sudah ada anak?

Nuraini: Sudah.

Pemandu Teksi: Ada berapa anak?

Nuraini: Ada dua.

Pemandu Teksi: Lelaki atau perempuan?

Nuraini: Seorang lelaki dan seorang perempuan.

Pemandu Teksi: Bagus!

Nuraini: Pak, boleh cepat sedikit supaya tidak lewat.

重點生字！

kahwin	結婚	anak	小孩	lelaki	男性
perempuan	女性	bagus	好、棒	cepat	快
supaya	以便	lewat	遲到		

 中文翻譯：

計程車司機： 小姐結婚了沒？

Nuraini： 已經（結了）。

計程車司機： 已經有小孩了嗎？

Nuraini： 已經（有了）。

計程車司機： 有幾個小孩呢？

Nuraini： 有2個。

計程車司機： 男的還是女的？

Nuraini： 1個男生和1個女生。

計程車司機： 好棒！

Nuraini： 先生，可以快一點（嗎），才（以便）不（會）遲到。

文法真簡單（二）

① 連接詞「supaya」（以便、為了）的用法

　　連接詞「supaya」是用來連接目的或目的子句。用法上類似英語的「*so that*」。還有另一個同義詞，即「agar」。

例如

- Ada banyak cara <u>supaya</u> badan menjadi kurus.
  有很多方法以便（能讓）身體變瘦。

- Saya makan dengan cepat <u>agar</u> boleh pergi membeli-belah.
  我吃得很快為了（以便）可以去購物。

練習一下（2）

請將下列句子翻譯成馬來語。

1. 小姐，你結婚了嗎？

2. 結婚了。

3. 有幾個孩子？

4. 只有一個。（hanya 只有）

5. 我早起以便不會遲到。（bangun 起床）

Kosa Kata Penting 重要詞彙

核心家庭成員的稱謂

lelaki / laki-laki	男性、男子	perempuan	女性、女子
ayah / bapa	爸爸	ibu / emak	媽媽
suami	丈夫	isteri / bini	妻子
orang tua	父母	anak	孩子
anak lelaki	兒子	anak perempuan	女兒
abang	哥哥	kakak	姐姐
adik lelaki	弟弟	adik perempuan	妹妹

延伸家庭成員的稱謂

datuk	爺爺、外公	nenek	奶奶、外婆
mertua	公婆、岳父母	menantu	女婿、媳婦
pak cik	伯父	mak cik	伯母
cucu	孫子、孫女	sepupu	表、堂兄弟姐妹

其他家庭中的稱謂

anak sulung	長子、長女	anak bungsu	幼子、幼女
anak tunggal	獨生子、獨生女	anak yatim	孤兒
saudara	兄弟	saudari	姐妹
anak angkat	養子、養女	cicit	曾孫

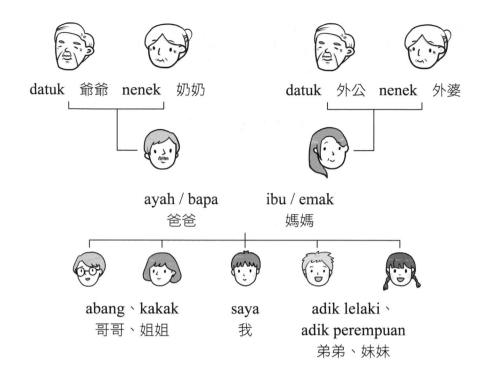

datuk 爺爺　nenek 奶奶　　　　datuk 外公　nenek 外婆

ayah / bapa　　ibu / emak
爸爸　　　　　媽媽

abang、kakak　　saya　　adik lelaki、
哥哥、姐姐　　　我　　　adik perempuan
弟弟、妹妹

💡 小提醒

1. 「orang tua」原意指「老人」，延伸意思為「父母」。

2. 「keluarga」是「家庭」，也可稱做「rumah tangga」，因此家庭主婦就稱做「suri rumah tangga」。

3. 馬來語的家庭稱謂上，長幼順序比性別來得重要。孩子都叫做「anak」，弟弟、妹妹都稱為「adik」。想要明確說明是弟或妹、兒子或女兒時，在後面再加上性別即可。

4. 「saudara」（兄弟）和「saudari」（姐妹）也可延伸作「親戚」的意思，或者是社會上無親緣關係的社群，類似「兄弟會」或「姐妹會」。

四 Latihan 學習總複習

A. 聽力練習 🔊 MP3-48

聆聽MP3，並請在空格處填上正確答案。

A：Cik (1)_____?

B：(2)_____.

A：Sudah (3)_____?

B：Sudah.

A：Ada (4)_____?

B：Satu saja.

A：Lelaki atau perempuan?

B：(5)_____.

B. 翻譯練習

請將下列句子翻譯成馬來語。

1. 你有幾個兄弟姐妹？

2. 我有 2 個兄弟姐妹。

3. 你結婚了嗎？

4. 你有幾個小孩？

5. 我有一個女兒。

6. 哪一個是你的女兒？

C. 口語練習

請與同學練習下列對話，並將有顏色的字換成不同的單字。

1. Kamu ada berapa adik-beradik?

   Saya ada tiga adik-beradik.

   Seorang abang dan seorang adik lelaki.

D. 寫作練習

請寫一篇文章介紹自己的家庭，包括他們的
姓名、年齡、工作、居住地等。

 好歌大家聽

1. 歌手：NOAH
   歌曲：Hidup Untukmu, Mati Tanpamu
2. 歌手：Noura
   歌曲：Kekasih Halal

 你說什麼呀！？ 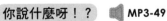 MP3-49

• Walao, beh tahan!　　　　哇，無法忍受！

註：「beh」是福建話「不」的意思。

慶祝開齋節

　　馬來西亞最盛大的節日，可說是開齋節（Hari Raya Aidilfitri）。當然除了馬來西亞之外，全世界的穆斯林都慶祝開齋節。開齋節是什麼節日呢？其實顧名思義就是在齋戒月結束之後，慶祝「開齋」。因此，我們也必須先知道在伊斯蘭曆的每一年的九月，穆斯林會進行齋戒。即那段期間，從清晨到傍晚之間不得飲食、並要謹言慎行。而每一天的傍晚會開齋，直到隔天清晨。如此進行一個月，直到伊斯蘭曆的十月到來，即是「開齋節」了。

　　所以，開齋節的確切日期落在什麼時候呢？其實這個問題也不好回答，因為是依據伊斯蘭曆在運作，而伊斯蘭曆是陰曆，一個月可能有29或30天，與陽曆不

一樣，因此每年的開齋節，約比前一年提早兩個星期左右。

　　開齋節怎麼慶祝呢？就馬來西亞的穆斯林而言，首先就是一家大小換上同一色系的傳統服裝，然後向家中長輩請安，之後男生會到清真寺去做禮拜。結束之後，就開始在家裡團聚、招待賓客了。

　　開齋節的時候，大家見面也會互相請安、祝賀，並有一個特殊的問候語「Mohon maaf zahir dan batin.」（在行動和精神上都請求原諒）。這一句話是假設過去一年曾經在言語或其他地方冒犯到對方，而向對方請求原諒。因此，開齋節也是一個溫馨感人的節日。

　　在馬來西亞，開齋節時，大家必吃的食物是馬來粽（ketupat），以及各式傳統料理，例如：咖哩雞（kari ayam）、仁當牛肉（rendang）、沙嗲（sate）等等。另外，家家戶戶也一定會自己親手製作糕餅或甜點。通常穆斯林朋友的家裡都會大開門戶，邀請各族群朋友登門拜訪，共度佳節。

　　若有機會在開齋節時到穆斯林朋友的家過節，絕對是一個特殊的經驗。到時候，別忘了祝福對方「Selamat Hari Raya Aidilfitri!」喔！

 你知道嗎？

　　很多人會說開齋節是「馬來新年」，這個說法基本上是不完全正確的喔！雖然慶祝方式與華人農曆新年差不多，一樣是回鄉過節，與家人團聚，但是在意義上有一些不一樣。對華人來說，農曆新年是正月初一，是一年之始，而開齋節是慶祝自己度過了一個月的齋戒月，並與家人和朋友一起分享這份喜悅！

10

Jam berapa sekarang?

現在幾點鐘？

學習重點

1. 學習時間的説法。
2. 學習詢問「Jam berapa sekarang?」（現在幾點鐘？）以及回答方式。
3. 學習副詞「kira-kira」（差不多）和「lebih kurang」（差不多）的用法。
4. 學習疑問代名詞「bila」（何時）和「jam berapa」（幾點）的用法。
5. 學習時間副詞「nanti」（待會兒）的用法。
6. 學習關於「出發」的用法。
7. 學習頻率副詞「biasanya」（通常）以及其他的頻率副詞的用法。
8. 學習介係詞「pada」（於、在）的用法。
9. 學習連接詞「selepas」（之後）的用法。
10. 學習關於「看」的用法。
11. 學習日常生活作息的説法。

生活智慧

Masa itu emas.
時間就是金錢。

一 Jam berapa sekarang? 現在幾點鐘？

🔊 MP3-50

Azmin: Jam berapa sekarang?

Rahimah: Jam dua petang.

Azmin: Bila kamu nak bertolak ke lapangan terbang?

Rahimah: Nanti kira-kira jam tiga.

Azmin: Jam berapa kapal terbang kamu berlepas?

Rahimah: Jam lima petang.

Azmin: Lebih baik bertolak sekarang!

Rahimah: Baiklah, jangan marah-marah.

重點生字！

jam	點（鐘）	bila	何時	bertolak	出發
nanti	待會兒	kira-kira	差不多	kapal terbang	飛機
berlepas	出發	lebih baik	最好（比較好）	marah	生氣

 中文翻譯：

Azmin： 現在幾點鐘？

Rahimah： 下午2點。

Azmin： 妳何時要出發去飛機場？

Rahimah： 待會兒差不多3點。

Azmin： 妳的飛機幾點出發？

Rahimah： 下午5點。

Azmin： （妳）最好現在出發！

Rahimah： 好啦，不要生氣。

文法真簡單（一）

① 詢問「Jam berapa sekarang?」（現在幾點鐘？）以及回答方式

關於幾點鐘的問法和說法，「jam」（點鐘、小時）和「pukul」（點鐘）都可以用來表達「點鐘」，不過，這兩個字在使用上有一點不同。「jam」有「點鐘、小時」這兩個意思，不過「pukul」只能用作「點鐘」。

例如

（1）整點

Jam lapan pagi.

早上8點。

Jam dua belas tengah hari.

中午12點。

Jam tiga petang.

下午3點。

Jam tujuh malam.

晚上7點。

Jam dua belas tengah malam.

半夜12點。

（2）幾點幾分

Jam empat lima belas minit.

4點15分。

Jam empat setengah.

4點半。

Jam empat tiga puluh minit.

4點30分。

② 副詞「kira-kira」（差不多）和「lebih kurang」（差不多）的用法

　　副詞「kira-kira」和「lebih kurang」用來表達粗略、大概的數字，包含價格、時間等等。「kira」的原意是「算、計算」的意思，「lebih」的原意是「比較、更」，而「kurang」的原意是「減少」。

例如

Kira-kira jam enam.　　　　Lebih kurang jam tujuh.

差不多6點。　　　　　　　差不多7點。

③ 疑問代名詞「bila」（何時）和「jam berapa」（幾點）的用法

　　疑問代名詞「bila」用來詢問何時或什麼時候，回答可以是具體或大概的時間。

例如

* Bila kamu mahu bertolak?　　　　你何時要出發？
* Jam berapa kamu mahu bertolak?　你幾點要出發？
　Jam satu.　　　　　　　　　　　1點整。

④ 時間副詞「nanti」（待會兒）以及其他時間副詞的用法

　　在馬來語中，沒有動詞的時態變化，因此時間副詞在句子中特別重要，以便明確表達某個動作是現在式、過去式或未來式。「nanti」就是「待會兒」，其他的相關字詞，就是「tadi」（剛才）和「sekarang」（現在）。相對應的助動詞就是「sudah」（已經）、「sedang」（正在）和「akan」（將要、將會）。

例如

- Saya sudah makan <u>tadi</u>. 　　　我剛才已經吃了。
- Saya sedang makan <u>sekarang</u>. 　我現在正在吃。
- Saya akan makan <u>nanti</u>. 　　　我待會兒會吃。

⑤ 「出發」的用法

　　在馬來語中，有幾個字可以用來表達出發，包括「bertolak」（出發；通常給人使用）、「berlepas」（出發；通常給交通工具使用）。另外，比較少用的是「berangkat」（出發）。

例如

- Saya akan <u>bertolak</u> nanti. 　　我待會兒會出發。
- Kereta api sudah <u>berlepas</u>. 　火車已經出發。

 小提醒

　　「jam」和「pukul」都有「點鐘」的意思，例如：2點，可以說「jam 2」也可以說「pukul 2」。「jam」還有「小時」（量詞）的意思，例如：2個小時是「2 jam」。

練習一下（1）

請將下列對話翻譯成馬來語。

1. 現在幾點？

2. 現在 4 點。

3. 我待會兒會去吃。

4. 你幾點要出發？

5. 差不多下午 5 點。

二　Biasanya kamu bangun pukul berapa? 你通常幾點起床？

MP3-51

Azizah: Biasanya kamu bangun pukul berapa?

Anwar: Saya biasanya bangun pada jam enam pagi.

Azizah: Kamu pergi ke sekolah pukul berapa?

Anwar: Selepas makan sarapan, lebih kurang jam tujuh, saya pergi ke sekolah.

Azizah: Pukul berapa kamu tiba di rumah?

Anwar: Kira-kira pukul dua.

Azizah: Selepas itu, kamu buat apa di rumah?

Anwar: Saya baca buku dan menonton TV.

重點生字！

biasanya	通常	bangun	起床	pada	於、在
selepas	之後	sarapan	早餐	tiba	抵達
buat	做	baca	讀、唸	menonton	看

 中文翻譯：

Azizah： 你通常幾點起床？

Anwar： 我通常早上6點起床。

Azizah： 你幾點去學校？

Anwar： 吃完早餐之後，差不多7點，我去學校。

Azizah： 你幾點回到家裡？

Anwar： 差不多2點。

Azizah： 在那之後，你在家裡做什麼？

Anwar： 我看書和看電視。

 小提醒

「抵達」有三個字可以使用，那就是「tiba」、「sampai」和「datang」。

文法真簡單（二）

① 頻率副詞「biasanya」（通常）以及其他頻率副詞的用法

頻率副詞「biasanya」是一個常見的副詞，通常放在動詞的前面。其他相關的頻率副詞有「selalu」（總是）、「sering」（常常）、「kadang-kadang」（有時候）、「jarang」（很少）和「tidak pernah」（不曾）。以上在使用時通常是放在動詞的前面，其中「biasanya」和「kadang-kadang」可以放在句首。

例如

- Saya <u>biasanya</u> bangun jam lapan.　　我通常8點起床。
- Saya <u>selalu</u> berjalan kaki ke sekolah.　　我總是走路去上學。
- Saya <u>sering</u> bangun jam tujuh.　　我常常在7點起床。
- Saya <u>kadang-kadang</u> baca buku.　　我有時候（會）看書。
- Saya <u>jarang</u> minum kopi.　　我很少喝咖啡。
- Saya <u>tidak pernah</u> makan durian.　　我不曾吃過榴槤。

② 介係詞「pada」（於、在）的用法

介係詞「pada」用在兩個地方：（1）用在時間、日期（2）用在人、臉上、身上等（感情相關的介係詞）。

例如

（1）用在時間、日期

- Saya bangun <u>pada</u> jam lapan.　　我在8點起床。
- Kereta api tiba <u>pada</u> jam sembilan pagi.　　火車在早上9點抵達。

（2）用在人、臉上、身上等（感情相關的介係詞）

- Saya cinta <u>pada</u> kamu.　　我愛你。
- Ibu sayang <u>pada</u> anaknya.　　媽媽疼愛他的小孩。
- Buku saya ada <u>pada</u> dia.　　我的書在他那。

③ 連接詞「selepas」（之後）的用法

馬來語中的連接詞「selepas」，是用來連接時序上先後的動作。「selepas」還有另外兩個同義詞，那就是「setelah」和「sesudah」，都是用來連接一個句子中的兩個分句；而「selepas itu」（在那之後），則是連接兩個獨立的句子。

例如

- Selepas mandi, saya baca buku.　　　　　洗澡後，我看報紙。
- Saya bangun jam tujuh pagi. Selepas itu, saya gosok gigi.
  我在早上7點起床。在那之後，我刷牙。

④ 「看」的用法

馬來語中有不同的字，用來表達不同的「看」。例如：「baca」（唸；用作「看書」）、「menonton」（看；用作「看電影」），其他的還有「lihat」（看；用作「一般的看」）、「tengok」（看、看到；用在「比較口語的時候」），另外還有「nampak」（看得到）。

例如

- Saya baca buku.　　　　　我看書。
- Saya menonton TV.　　　　　我看電視。
- Saya lihat dia di sana.　　　　　我看（到）他在那裡。
- Tengok apa?　　　　　看什麼？
- Saya tidak nampak.　　　　　我沒看到。

練習一下（2）

請將下列句子翻譯成馬來語。

1. 你通常幾點睡？（tidur 睡）

2. 我通常 9 點睡。

3. 在 5 點鐘（時），我會回家。

4. 我喜歡看書。

5. 他喜歡看電視。

Kosa Kata Penting 重要詞彙

MP3-52

日常生活作息

bangun	起床	gosok gigi	刷牙	mandi	洗澡
makan sarapan	吃早餐	baca buku	看書	menonton TV	看電視
main komputer	玩電腦	main bola	玩球	bersukan	運動
tengok wayang	看電影	mengulang kaji	複習	masak	煮
basuh baju	洗衣服	menyapu lantai	掃地	menyiram bunga	澆花
tidur	睡覺	bermeditasi	冥想	beryoga	做瑜珈

 小提醒

「洗」還有另一個常見的字是「cuci」，例如：「cuci tangan」（洗手）、「cuci kereta」（洗車）、「cuci baju」（洗衣服）等。

四 Latihan 學習總複習

A. 聽力練習 🔊 MP3-53

聆聽MP3，並請在空格處填上正確答案。

Ahmad: Biasanya (1)_____?

Nina: Saya biasanya (2)_____.

Ahmad: (3)_____, kamu buat apa?

Nina: Saya (4)_____.

Ahmad: Bila bertolak ke sekolah?

Nina: (5)_____.

B. 翻譯練習

請將下列句子翻譯成馬來語。

1. 現在幾點鐘？

2. 現在下午 3 點。

3. 你通常幾點起床？

4. 我通常早上 7 點起床。

5. 你幾點要出發？

6. 差不多下午 6 點。

C. 口語練習

請與同學練習下列對話，並將有顏色的字換成不同的單字。

1. Kamu biasanya bangun jam berapa?

   Saya biasanya bangun jam lapan.

2. Kamu biasanya buat apa pada jam sembilan?

   Saya biasanya makan sarapan pada jam sembilan.

D. 寫作練習

請寫一篇文章說明你的一日作息。

 好歌大家聽

1. 歌手：Judika
   歌曲：Setengah Mati Merindu
2. 歌手：Ziana Zain
   歌曲：Putus Terpaksa

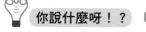 你說什麼呀！？　 MP3-54

- *You free* tak nanti? Yum cha boh?　　你等一下有空嗎？要不要喝茶？

註：「yum cha」是「飲茶」廣東話的說法，意思是「喝茶」。「*free*」就是英文，有空的意思。

馬來西亞華人的農曆新年

很多人見到馬來西亞華人，一定會問的問題就是：馬來西亞華人會慶祝農曆新年嗎？這個問題是肯定的，而且慶祝方式還很多種，從除夕夜開始到大年初九，甚至元宵節，都有很多活動。

首先在過年前的一、兩個月，大街小巷就會開始播放新年歌曲。當然這些新年歌曲也都是台灣熟悉的那幾首。不過，除此之外，每一年馬來西亞的電視台、華語電台的DJ們都會錄製應景的新年歌曲，例如：狗年的新年歌曲就是〈新年旺旺來〉、雞年的歌曲就是〈新年有轉雞〉、羊年的歌曲就是〈喜羊羊〉等等。除了新年歌曲的創作、製作之外，還一定會拍攝新年歌曲的MV，大夥兒穿上傳統的「唐裝」和「旗袍」，在敲鑼打鼓聲中載歌載舞，非常熱鬧！

此外，家家戶戶很注重的就是大掃除，然後開始貼春聯、佈置家裡。在過年前一、兩個月，各個華人社區也都會舉辦揮春比賽，一開始是為了鼓勵年輕人們拿起毛筆寫書法，久而久之，變成農曆新年的一個特殊活動。過節期間，當然更熱鬧了，在除夕夜，大家都會回到老家去，和爺爺奶奶過節。有的時候，甚至到四代或五代同堂喔！整個家族的人數加起來，少則有二、三十人，多則到五、六十人也不誇張！

　　馬來西亞華人也喜歡放鞭炮、玩煙火，只不過由於有一年鞭炮廠失火，造成嚴重的傷亡，使得政府開始禁止玩煙火和燃放鞭炮。沒有了煙火和鞭炮，氣氛的確是少了一些，不過大家還是會用其他活動來聯絡彼此的感情，例如在馬來西亞有個特別的「撈生」習俗。撈生需準備的材料有生魚片、生菜絲、芹菜絲、紅蘿蔔絲、豆薯絲、小黃瓜絲、紫菜花絲、薑絲及花生粒等，佐以由酸梅加桔子汁和糖水調和而成的醬料。撈生的時候，全家人圍在一起，用筷子把這些材料撈起來，一邊說著吉祥話。有些人會說「越撈越發！」，代表新的一年越過越好！如此，新年的氣氛更添濃厚！

　　相較於台灣的農曆新年是寒冷的天氣，通常馬來西亞的農曆新年剛好是全年最熱的時候，因此，或許找一年到馬來西亞，去感受一下熱帶的農曆新年吧！

 你知道嗎？

　　台灣的元宵節是看燈會、吃湯圓，但是在馬來西亞的元宵節非常不一樣喔！在元宵節時，很多未婚男女會將新年沒吃完的橘子，上面寫上自己的聯絡方式，然後到家裡附近的河流去「拋柑」。這個別開生面的「拋柑」活動緣由已經不可考，我想大夥兒大概是抱著家裡的橘子吃不完，而又到元宵節了，所以找個辦法把橘子消耗掉，順便認識新朋友的心情，心想搞不好會促成一段姻緣，所以才有這樣的拋柑呢！

—11—

Bila kamu mahu ke Malaysia? Minggu depan.

你何時要去馬來西亞？下禮拜。

學習重點

1. 學習詢問「Hari ini hari bulan berapa?」（今天幾號？）。
2. 學習副詞「sudah」（已經）、「sedang」（正在）、「akan」（將）的用法。
3. 學習主要動詞「pergi」（去）和「balik」（回）的用法。
4. 學習否定詞「bukan」（不是）的口語說法。
5. 學習疑問代名詞「berapa lama」（多久）的用法。
6. 學習連接詞「dulu」（先、以前）的用法。
7. 學習副詞「selama」（長達、在……的期間）的用法。
8. 學習介係詞「dengan」（跟、和、用）的用法。
9. 學習連接詞「semasa」（當）的用法。
10. 學習副詞「pernah」（曾經）的用法。
11. 學習星期、天、月、年的說法。

Ada hujan ada panas,
ada hari boleh balas.
惡有惡報。

一　Bila kamu mahu ke Malaysia? 你何時要去馬來西亞？

MP3-55

Kumar: Bila kamu mahu pergi ke Malaysia?

Prima: Mungkin minggu depan.

Kumar: Bila kamu akan balik?

Prima: Bulan depan.

Kumar: Hari ini hari jadi saya, mahu makan bersama?

Prima: Boleh! Selamat hari jadi. Hari ini hari bulan berapa?

Kumar: 23 hari bulan Januari.

Prima: Apa kata kita makan besok malam? Besok kan hari Sabtu?

重點生字！

pergi	去	mungkin	可能	minggu depan	下星期
balik	回家	bulan depan	下個月	hari ini	今天
hari jadi	生日	bersama	一起	hari bulan	日期
kata	説	makan malam	吃晚餐	besok	明天
kan（bukan）	不是	Sabtu	星期六		

 中文翻譯：

Kumar： 妳何時去馬來西亞？

Prima： 可能下禮拜。

Kumar： 妳何時回來？

Prima： 下個月。

Kumar： 今天是我的生日，要一起吃飯嗎？

Prima： 好啊！生日快樂。今天幾號？

Kumar： 1月23日。

Prima： 我們明天去吃晚餐，你怎麼說（覺得如何）？明天不是星期六嗎？

文法真簡單（一）

① 詢問「Hari ini hari bulan berapa?」（今天幾號？）

　　馬來語中詢問「日期幾號」用「hari bulan」來表達。「hari」是「日」，「bulan」是「月」，兩個字加在一起就是「hari bulan」（日期、幾月幾號）。還有另一個字也代表「日期」，那就是「tarikh」，比較常用在寫作上。

例如

- Hari ini hari bulan berapa?　　今天幾號？
- Hari ini 23 hari bulan Januari.　今天是1月23日。

② 副詞「sudah」（已經）、「sedang」（正在）、「akan」（將要、將會）的用法

　　馬來語副詞的用法很簡單，主要是將「sudah」、「sedang」、「akan」這些副詞放置於動詞前，則可形成時態。「sudah」表示「已經發生過的事情」以及「還在進行中的事情」。「sedang」表示「某些事情正在進行中」。「akan」表示「未來會發生的事情」、「可能會產生的狀況」、「未來會進行的事」。

例如

- Saya sudah makan tadi.　　　我剛才吃過了。
- Saya sedang makan sekarang.　我現在正在吃。
- Saya akan makan nanti.　　　我待會兒將會吃。

③ 主要動詞「pergi」（去）和「balik」（回）的用法

　　要詢問「去哪裡」，可以用「ke mana」來問，其中「ke」就如同英文的「to」，是「表達方向性」的介係詞。當然也可以加上動詞，例如：「pergi」、「balik」，是馬來語中表達行動去向的兩個最主要、最基本的動詞。「pergi ke」

通常是連接地點，即「pergi ke＋地點」；而如果要表達去做某個動作，則不能加
「ke」，直接用「pergi＋動作」。

例如

* Kamu mahu <u>pergi ke</u> mana?　　　你要去哪裡？

* Saya mahu <u>pergi ke</u> kedai makan.　　我要去餐廳。

* Saya mahu <u>pergi</u> jalan-jalan.　　我要去走走。

* Saya mahu <u>balik ke</u> rumah.　　我要回家。

④ 否定詞「bukan」（不是）的口語說法

　　「bukan」在第5課已經教過，不過這個字在口語上會有所變化，變成反問句
的說法，表達強調、反諷等的語氣。要注意，在說話時，通常縮短成「kan」。

例如

* Besok <u>kan</u> hari Sabtu?　　　明天不是星期六嗎？（明天是星期六嘛！）

* Kamu <u>kan</u> Orang Taiwan?　　你不是台灣人嗎？（你是台灣人嘛！）

小提醒

1. 「pergi」和「balik」在口語上都直接加地點，例如：「pergi sekolah」（去學
   校）、「balik kampung」（回鄉）。
2. 口語上，除了「bukan」會縮短成「kan」，「akan」也會縮短成「kan」，所以
   口語上相當考驗聽力。

練習一下（1）

請將下列句子翻譯為馬來語。

1. 我正在學習馬來語。

2. 我待會兒要去走走。

3. 我已經去過那裡了。

4. 我想要回家。

5. 今天幾號？

6. 今天 23 號。

二 Berapa lama kamu di sini? 你來這裡多久了？

🔊 MP3-56

Hassan: Kamu akan tinggal di Malaysia untuk berapa lama?

Azizah: Kira-kira tiga tahun. Sebelum itu, saya harus pergi ke Singapura dulu selama sebulan.

Hassan: Kamu pergi bersama dengan keluarga?

Azizah: Ya, kami hendak bercuti di sana.

Hassan: Semasa saya kecil, saya pernah pergi ke Singapura.

Azizah: Tahun berapa kamu di Singapura?

Hassan: Tahun 1999.

重點生字！

berapa lama	多久	dulu	先	selama	長達
bersama	一起	dengan	跟	hendak	想要
bercuti	放假	semasa	當	pernah	曾經

 中文翻譯：

Hassan：妳將會住在馬來西亞多久？

Azizah：差不多3年。在那之前，我需要先去新加坡（長達）1個月。

Hassan：妳跟家人一起去嗎？

Azizah：是的，我們要（去）那裡度假。

Hassan：當我小的時候，我曾經去過新加坡。

Azizah：你哪一年在（去）新加坡？

Hassan：1999年。

文法真簡單（二）

① 疑問代名詞「berapa lama」（多久）的用法

當需要用「多久」來詢問時間的長度，我們可以使用「berapa」（多少）和「lama」（久）形成「berapa lama」。而回答的話，就需要用時間的長度來回答。

例如

- Sudah berapa lama di sini?   在這裡已經多久了？
  Sudah dua bulan.   已經2個月。

② 連接詞「dulu」（先、以前）的用法

「dulu」（先）已經在第3課中出現過，當時是「Saya minta diri dulu.」（我先告辭。）的用法，其結構是「動詞＋dulu」，形成「先……」的意思，類似英語的「*first*」。至於「dulu」（以前）的用法，則是將「dulu」放置在句首，就會形成「以前」的意思，類似英語的「*before*」。

例如

- Saya minta diri dulu.   我先告辭。
- Kamu pergi dulu.   你先去。
- Dulu saya merokok, sekarang tidak.   我以前抽菸，現在沒了。

③ 副詞「selama」（長達、在……的期間）的用法

副詞「selama」用在表達時間長度的時候。通常口語時會被省略。使用上類似英語的「*for*」。另外，也有表達「在……的期間」的意思。

例如

- Saya pergi ke Taiwan selama dua bulan.   我去台灣長達2個月。

- Selama saya berada di Taiwan, saya berasa senang hati.
  在我在台灣的期間，我覺得很開心。

④ 介係詞「dengan」（跟、和、用）的用法

「dengan」有「跟、和、用」的意思，但是與連接詞「dan」用法不一樣，「dengan」的用法接近英文的「*with*」和「*by*」，類似中文的「跟」。其功能有三個：（1）用在人、名詞等前面，表示「參與、一起」。（2）用在物品前，表示「使用的工具」。（3）用在形容詞或副詞前，表示其「性質」。

例如

（1）用在人、名詞等前面，表示「參與、一起」：

- Saya tinggal <u>dengan</u> ibu saya.　　　　　　我跟我媽媽住。
- Ayah pergi ke pusat bandar <u>dengan</u> kawannya.　　爸爸跟他的朋友去市中心。

（2）用在物品前，表示「使用的工具」：

- Saya pergi ke sekolah <u>dengan</u> bus.　　　　我用（搭）巴士去學校。
- Ibu menulis <u>dengan</u> pen.　　　　　　　媽媽用原子筆寫（字）。

（3）用在形容詞或副詞前，表示其「性質」：

- Kita belajar Bahasa Melayu <u>dengan</u> senang hati.　我們開心地學習馬來語。
- Nisah menjaga ayah saya <u>dengan</u> baik.　　Nisah把我爸照顧得很好。

⑤ 連接詞「semasa」（當）的用法

「當」在馬來語中有很多字可以使用，包括「semasa」、「sewaktu」、「ketika」等。這些連接詞都可以放在句首，也可以放在句子的中間，用來連接兩個句子。

例如

- Dia sudah bertolak <u>semasa</u> saya tiba.

  當我到的時候，他已經出發了。

- <u>Sewaktu</u> saya sampai di rumah, ibu sudah tidur.

  當我到家的時候，媽媽已經睡了。

- <u>Ketika</u> saya bangun, ayah sudah pergi bekerja.

  當我起床時，爸爸已經去工作了。

⑥ 副詞「pernah」（曾經）的用法

中文的「過」有兩種用法，例如：A「你吃過了嗎？」和B「你吃過榴槤嗎？」，這兩句同樣都有「過」，但是在馬來語中的用詞卻不相同。其中A例句表達過去式，所以要用「sudah」（已經），而B例句表達一種經驗，因此要用「pernah」（曾經）。

例如

- <u>Sudah</u> makan belum?　　　　　　你吃過了嗎？
- <u>Pernahkah</u> kamu makan durian?　　你（曾經）吃過榴槤嗎？
- Saya <u>pernah</u> ke Malaysia.　　　　　我曾經去過馬來西亞。

 小提醒

1. 「dulu」的正式寫法是「dahulu」，但是現在大部分比較常用「dulu」。
2. 「pernahkah」的「-kah」是疑問語助詞，在口語上通常會被省略。

練習一下（2）

請將下列句子翻譯為馬來語。

1. 當我在睡覺時，他已經回去了。

2. 你先回去。

3. 已經住在台灣幾年了？

4. 已經 3 年。

5. 我曾經吃過榴槤。

6. 我將會去馬來西亞長達 3 個月。

Bila kamu mahu ke Malaysia? Minggu depan.
你何時要去馬來西亞？下禮拜。

11

 Kosa Kata Penting 重要詞彙

🔊 MP3-57

昨天、今天、明天

kelmarin / semalam 昨天	hari ini	今天	besok	明天
pagi semalam 昨天早上	pagi ini	今天早上	besok pagi	明天早上
tengah hari semalam 昨天中午	tengah hari ini	今天中午	besok tengah hari 明天中午	
malam kelmarin / semalam 昨天晚上	malam ini	今天晚上	besok malam	明天晚上

星期、月、年

minggu lalu	上星期	minggu ini	這星期	minggu depan	下星期
bulan lalu	上個月	bulan ini	這個月	bulan depan	下個月
tahun lalu	去年	tahun ini	今年	tahun depan	明年

星期

Isnin	星期一	Selasa	星期二	Rabu	星期三
Khamis	星期四	Jumaat	星期五	Sabtu	星期六
Ahad / Minggu	星期日				

月份

Januari	一月	Februari	二月	Mac	三月
April	四月	Mei	五月	Jun	六月
Julai	七月	Ogos	八月	September	九月
Oktober	十月	November	十一月	Disember	十二月

💡 小提醒

1. 在口語上，「bulan」（月份）雖然是跟著英文的拼音，但也可以用「bulan satu」（一月）、「bulan dua」（二月）等來表示。

2. 「Minggu」也可表示星期日，因為是專屬名詞，所以第一個字母需要大寫。而「minggu」指的是「星期」，所以不需要大寫。

3. 「前天」用「kelmarin lusa」。「後天」是「lusa」。

4. 中午是「tengah hari」，一般上大家會寫成「tengahari」，而「今天中午」的說法比較特別，其實比較少用「tengah hari ini」，而是看時間加上「nanti」（待會兒）或「tadi」（剛才），例如：「tengah hari nanti」，就表示「待會兒的中午」，「tengah hari tadi」，就代表「剛才的中午」。

5. 年份和日期用「berapa」（多少）來問，而月份用「apa」（什麼）來問。

6. 其他的說法，如：「三天前」、「兩個星期前」的「前」一樣是「lalu」（過去），例如：「三天前」是「tiga hari lalu」或「tiga hari yang lalu」、「兩個星期前」是「dua minggu lalu」。

7. 「每一天」是「setiap hari」或「tiap-tiap hari」。

四 Latihan 學習總複習

A. 聽力練習 🔊 MP3-58

聆聽MP3，並請在空格處填上正確答案。

Nul: Abang Hassan, (1)_____.

Hassan: Bila?

Nul: (2)_____, jam sembilan, boleh?

Hassan: Aduh, maaf Nul, aku harus belajar. Besok ada ujian.

Nul: Bagaimana kalau (3)_____?

Hassan: Besok malam boleh. Jam berapa?

Nul: (4)_____, boleh?

Hassan: Boleh, (5)_____.

B. 翻譯練習

請將下列句子翻譯成馬來語。

1. 今天幾號？

2. 今天 3 號。

3. 明天你要去哪裡？

4. 明天我要去辦公室。

5. 你何時要去馬來西亞？

6. 可能下禮拜。

C. 口語練習

請與同學練習下列對話，並將有顏色的字換成不同的單字。

1. Bila kamu mahu ke Malaysia?

   Mungkin tahun depan.

2. Bila kamu mahu balik kampung?

   Mungkin hari Sabtu.

D. 寫作練習

請寫一篇文章說明您的出遊計畫。

 好歌大家聽

1. 馬來西亞國歌：Negaraku
2. 馬來西亞愛國歌曲：Sejahtera Malaysia

 你說什麼呀！？　 MP3-59

- Jom, balik kampung!　　走吧，回家！

- Balik kampunglah *you*!　滾回老家吧你！

註：「balik kampung」原本的意思是「回鄉」，通常指的是大家在過年過節時返鄉，但是有時候會延伸成嘲諷的說法，表示某個人不適任，請他收拾包袱走人。

到務邊去體驗一百年前的小鎮榮景

務邊（Gopeng）是馬來西亞中北部的一個小鎮，位於霹靂州（Perak），即吉隆坡與檳城的中間，距離吉隆坡約三小時的車程。一百多年前，英國人在馬來西亞發現豐富的錫礦，組成了國際錫礦公司，而將總部設在務邊。當時為了開採錫礦所需的豐沛人力，開始從全國各地，甚至從海外引進華人勞工，於是務邊搖身一變，成為馬來西亞最繁榮的城鎮。當時全馬來西亞最有錢的人，都和錫礦有關。在這個小鎮裡，你會在街上看到路邊廢棄的老舊汽車的車牌，車牌字母多是AA開頭，因為這裡是最早有車子的地方。

因為礦業，這裡除了有原本居住在此的原住民族之外，也有很多的華人、印度人與馬來人居住。由於礦業在當時是很危險的工作，為了祈求平安，各族群的

宗教信仰也非常鼎盛，有趣的是，各族群的宗教廟宇是在大馬路上一字排開，例如：錫克廟旁邊是印度廟，天主堂旁邊是清真寺以及觀音古廟。在這裡能看到多元族群共同居住、互相交流的景象。

在英國殖民時代，礦業公司會興建巨大的水管，從山上的水源地連接到礦場，並運用高壓機將強力水柱噴出，以擊碎蘊藏豐富錫礦的山壁，再運用工人或者鐵船去打撈泥漿，透過山溝或人工篩洗的方式，把錫礦篩選出來。因此在務邊的後山上，可以看到許多湖泊，湖泊底下就是當年開採錫礦而形成的凹洞。因此，在這裡看到的湖泊，幾乎都不是天然的，而是礦業留下來的遺跡。

據說當年的礦工都很高薪，就算一個普通的礦工家庭也買得起很昂貴的傢俱，那時候下班之後，大家就到務邊鎮上，全國第一家大戲院來看戲，留下了這麼一句話：「車水馬龍、燈紅酒綠、夜夜笙歌！」，也因為曾經有這麼風光的過去，所以當國際錫礦價錢低落，造成務邊鎮的沒落之後，許多當地人不忍自己家鄉沒落，於是靠著社區的力量，建立了屬於務邊人的民間博物館——務邊文物館。而當地商人兼古董收藏家王坤祥先生更自己設計建造了一間仿古建築的「懷古樓」，裡面擺放了各種各樣先人使用過的物品。王坤祥先生希望，透過建築和古物，讓後人永遠不忘記前人在異地努力打拚的身影。

馬來西亞有許許多多的小鎮，每個小鎮的興起背後都有一段故事，如果知道馬來西亞過去的產業分布，就能夠了解、推敲每個小鎮的族群成分與相關的文化背景，這是認識馬來西亞的另外一種方式喔！

 你知道嗎？

　　很多人會覺得馬來語的星期一到星期日很難記，畢竟中文是一、二、三，看起來似乎比較簡單。但是你知道嗎？馬來語的「Isnin」、「Selasa」、「Rabu」、「Khamis」、「Jumaat」、「Sabtu」和「Ahad」跟阿拉伯語是一樣的，也就是說，馬來語採用了阿拉伯語「星期」的說法。所以，如果有機會遇到阿拉伯人，不妨互相交流一下喔！

12

Mengapa kamu pilih baju ini?
Kerana saya suka merah.

你為什麼選這件衣服？因為我喜歡紅色。

學習重點

1. 學習疑問代名詞「mengapa」（為什麼）的用法。
2. 學習連接詞「kerana」（因為）的用法。
3. 學習介係詞「bagi」（為了、對……來說、給）的用法。
4. 學習程度副詞「lebih」（比較）、「tidak begitu」（沒那麼）的用法。
5. 學習連接詞「walaupun」（雖然）的用法。
6. 學習複合名詞的用法。
7. 學習複合名詞加上所有格，再加上形容詞的用法。
8. 學習連接詞「yang」（的）作為強調之意時的用法。
9. 學習後綴「-an」的功能與用法。
10.學習各種顏色的說法。

生活智慧

Buah masak merah belum tentu manis rasanya.
不可以貌取人。

一 **Mengapa kamu pilih baju ini? Kerana saya suka merah.**
你為什麼選這件衣服？因為我喜歡紅色。

🔊 **MP3-60**

Ng Bee Bee:	Saya nak baju ini.
Ng Ah Huat:	Mengapa kamu pilih baju batik ini?
Ng Bee Bee:	Kerana saya suka warna merah.
Ng Ah Huat:	Kalau bagi saya, saya tidak begitu suka merah.
Ng Bee Bee:	Kamu lebih suka warna apa?
Ng Ah Huat:	Saya lebih suka warna biru.
Ng Bee Bee:	Walaupun saya juga suka warna biru, tapi hari ini saya nak pilih merah.

重點生字！

mengapa	為什麼	pilih	選擇	kerana	因為
warna	顏色	merah	紅色	bagi	為了、給
begitu	那麼、那樣	lebih	比較	biru	藍色
walaupun	雖然				

 中文翻譯：

黃美美：我要這件衣服。

黃阿發：為什麼妳要選這件蠟染衣？

黃美美：因為我喜歡紅色。

黃阿發：如果是我的話，我沒那麼喜歡紅色。

黃美美：你比較喜歡什麼顏色？

黃阿發：我比較喜歡藍色。

黃美美：雖然我也喜歡藍色，但是今天我要選紅色。

文法真簡單（一）

① 疑問代名詞「mengapa」（為什麼）的用法

疑問代名詞「mengapa」通常用在需要詢問某個原因的時候，另一個常見的口語用法是「kenapa」（為什麼）。

例如

- Mengapa dia tidak datang?　　　　　他為什麼沒來？
- Kenapa dia tidak datang?　　　　　　他為什麼沒來？

② 連接詞「kerana」（因為）的用法

「kerana」是用來表達兩個句子之間因果關係的連接詞。「kerana」還有一個比較口語的用法是「sebab」（因為）。

例如

- Dia tidak pergi ke sekolah kerana sakit.　他沒去學校，因為生病了。
- Dia tidak pergi ke sekolah sebab sakit.　他沒去學校，因為生病了。

③ 介係詞「bagi」（為了、對……來說、給）的用法

「bagi」的意思是「為了、對……來說、給」，如同英文的「*for*」，也和第7課的「untuk」（為了、對……來說、給）類似。不過，在馬來語中，「bagi」比較口語，比較常用在「人」相關的句子上。

例如

- Bagi saya, dia bukan orang baik.　　對我來說，他不是好人。
- Ini bagi kamu.　　　　　　　　　　這個給你。

④ 程度副詞「lebih」（比較）、「tidak begitu」（沒那麼）的用法

馬來語的程度副詞相當多，例如：「lebih」、「tidak begitu」，用來表達不同程度的喜好或感情。

例如

- Saya <u>lebih</u> suka makan nasi ayam.   我比較喜歡吃雞飯。
- Saya <u>tidak begitu</u> suka mi kari.   我沒那麼喜歡咖哩麵。

⑤ 連接詞「walaupun」（雖然）的用法

在馬來語中，當連接轉折性質的句子時，可以使用「walaupun」，它可放在句首或句子的中間。馬來語中的「雖然」有很多種，除了「walaupun」，常用的還有「meskipun」。

例如

- <u>Walaupun</u> saya belum makan, saya tidak lapar.   雖然我還沒吃，但是我不餓。
- Saya masih lapar, <u>walaupun</u> saya sudah makan.   我還餓，雖然我已經吃了。

練習一下（1）

請將下列句子翻譯成馬來語。

1. 他為什麼沒有去學校？

2. 他沒有去學校因為他的爸爸生病了。

3. 雖然我是馬來西亞人，但是我不會講馬來語。（tidak tahu 不會、cakap 講）

4. 我沒那麼喜歡吃臭豆腐。（tauhu busuk 臭豆腐）

5. 我比較喜歡紅色的衣服。

6. 對我來說，馬來語不難。（susah 難）

二 **Nasi lemak ini sangat sedap. 這個椰漿飯很美味。**

MP3-61

Cik Huang: Itu apa?

Penjual: Makanan yang sedap itu ialah Nasi Lemak.

Cik Huang: Baju batik itu harga berapa?

Penjual: Baju batik yang cantik itu RM 20.

Cik Huang: Saya mahu beli baju batik yang merah itu.

Penjual: Ini baju batik yang cantik.

Cik Huang: Saya lagi mahu minuman yang istimewa.

Penjual: Ini dia. "100 plus" ialah minuman yang sangat istimewa di Malaysia.

重點生字！

makanan	食物	harga	價格	minuman	飲料

istimewa	特別

 中文翻譯：

黃小姐： 那是什麼？

攤販： 那個美味的食物是椰漿飯。

黃小姐： 那件蠟染衣價格多少？

攤販： 那件美麗的蠟染衣20令吉。

黃小姐： 我要買那件紅色的蠟染衣。

攤販： 這是件美麗的蠟染衣。

黃小姐： 我還要特別的飲料。

攤販： 這就是了。「100號」是馬來西亞非常特別的飲料。

文法真簡單（二）

① 複合名詞的用法

如同中文的「火車」是由「火」和「車」組合而成的新名詞，馬來語也有複合名詞。複合名詞有三種形式，分別是「名詞＋名詞」、「名詞＋動詞」、「名詞＋形容詞」的組合。這些具有形容功能的名詞、動詞或形容詞等，會放在被形容的名詞的後面。

$$\boxed{名詞} \quad + \quad \boxed{名詞 / 動詞 / 形容詞}$$

例如

（1）名詞＋名詞

orang ＋ Taiwan → Orang Taiwan

　人　　　台灣　→　　台灣人

（2）名詞＋動詞

nasi ＋ goreng → nasi goreng

　飯　　　炒　→　　炒飯

（3）名詞＋形容詞

orang ＋ tua → orang tua

　人　　老 → 老人、父母

② 複合名詞加上所有格的用法

如果是複合名詞加上所有格，其格式會變成：「複合名詞＋人稱名詞」。

例如

- baju batik 　　　　　蠟染衣
- baju batik saya 　　　我的蠟染衣
- baju batik ibu saya 　我媽媽的蠟染衣

如何將「複合名詞＋人稱名詞」用於完整的句子中呢？可以用以下三個基本句型來作為例子。

例如

- Ini baju batik ibu saya.   這是我媽媽的蠟染衣。
- Baju batik ibu saya sangat cantik.   我媽媽的蠟染衣很美。
- Baju batik ibu saya dibeli di sini.   我媽媽的蠟染衣在這裡買的。

③ 複合名詞加上所有格，再加上形容詞的用法

當複合名詞加上所有格，還要再加上形容詞時，就必須使用連接詞「yang」（的）來連接。連接詞「yang」用來連接名詞與形容詞或形容詞子句。

例如

- Itu baju yang cantik.   那是美麗的衣服。
- Itu baju batik yang cantik.   那是美麗的蠟染衣。
- Itu baju batik saya yang cantik.   那是我美麗的蠟染衣。

④ 連接詞「yang」（的）作為強調語氣時的用法

當我們需要為句子中的某一個名詞增加一些描述性資訊時，或者加上形容詞作強調之意時，一樣是使用連接詞「yang」來連接名詞和形容資訊（形容詞或形容詞子句），以形成形容詞子句。要特別注意的是，其格式為「名詞＋yang＋形容資訊＋itu（那，指示詞）」，也就是形容資訊要放在**名詞之後、指示詞之前**。

例如

- Baju itu sudah kotor.   那件衣服已經骯髒了。
- Baju yang cantik itu sudah kotor.   那件美麗的衣服已經骯髒了。
- Baju batik yang cantik itu sudah kotor.   那件美麗的蠟染衣已經骯髒了。
- Baju batik saya yang cantik itu sudah kotor.   我那件美麗的蠟染衣已經骯髒了。

Mengapa kamu pilih baju ini? Kerana saya suka merah.

你為什麼選這件衣服？因為我喜歡紅色。 12

⑤ 後綴「-an」的功能與用法

馬來語的名詞，有一些是在動詞或形容詞之後加上後綴「-an」演變而來的。這些加上後綴「-an」之後所形成的名詞，有一些是「與動作相關的事物、與形容詞相關的物品」。

例如

- makan 吃 → makanan 食物

- Makanan ini sedap sekali.　　　　這個食物很美味。

- minum 喝 → minuman 飲料

- Minuman ini sangat istimewa.　　　這個飲料很特別。

- manis 甜 → manisan 蜜餞

- Saya suka makan manisan mangga.　我喜歡吃芒果蜜餞。

練習一下（2）

請將下列句子翻譯成馬來語。

1. 那個人是我的爸爸。

2. 那個老人是我的爸爸。

3. 那個老人正在吃椰漿飯。

4. 那間房子很大。

5. 那間很大的房子美極了。

6. 那間很大的房子已經壞了。（rosak 壞）

Kosa Kata Penting 重要詞彙

MP3-62

顏色					
abu-abu	灰色	biru	藍色	biru muda	淺藍色
biru tua	深藍色	perang	褐色	hijau	綠色
hitam	黑色	kuning	黃色	merah	紅色
merah jambu	粉紅色	jingga	橘色	putih	白色
ungu	紫色	warna emas	金色	warna gelap	深色
warna muda	淺色	warna perak	銀色	warna-warni	彩色

四 Latihan 學習總複習

A. 聽力練習 🔊 MP3-63

聆聽MP3，並請在空格處填上正確答案。

Guru: (1)_____ kamu (2)_____?

Murid: (3)_____ ada warna kuning.

Guru: Kamu (4)_____?

Murid: Saya lebih suka merah. Saya (5)_____.

Guru: Baiklah, terima kasih.

B. 翻譯練習

請將下列句子翻譯成馬來語。

1. 你為什麼不去？

2. 因為我是台灣人。

3. 台灣人比較喜歡喝熱茶。

4. 我沒那麼喜歡紅色。

5. 雖然很熱，我比較喜歡喝熱咖啡。

C. 口語練習

請與同學練習下列對話，並將有顏色的字換成不同的單字。

1. Mengapa kamu belajar Bahasa Melayu?

   Saya belajar Bahasa Melayu untuk pergi melancong.

   Saya belajar Bahasa Melayu kerana kawan saya Orang Malaysia.

D. 寫作練習

請寫一篇文章說明你為什麼要學習馬來語。

好歌大家聽
1. 民謠：Burung Kakak Tua
2. 民謠：Di Mana Dia Anak Kambing Saya
3. 民謠：Chan Mali Chan

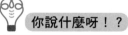 你說什麼呀！？   MP3-64

• Bos, kira!　老闆，算錢！

體驗吉隆坡的多元文化！

　　馬來西亞的首都吉隆坡（Kuala Lumpur），位於兩條河——鵝麥河（Sungai Gombak）與巴生河（Sungai Kelang）的交匯處，「kuala」是指河口，「lumpur」是指淤泥，意思就是沼澤地，因此，雖然翻譯成「吉隆坡」，這個高樓林立的國際首都，過去可是從沼澤地發跡的呢！

　　如果到吉隆坡去觀光，一定會去的地方是茨廠街（Jalan Petaling），也就是唐人街。這個地方有點像是台灣臨江夜市的規模，只是白天也有營業，而且白天和晚上的攤位有一些是不一樣的。為了做生意，在那裡擺攤的馬來人或是印度人也講華語，所以如果看到印度人開口說廣東話，不要太驚訝喔！

通常我會建議逛了茨廠街之後，下午就可以到中央藝術坊（Pasar Seni）去逛逛，購買富有當地特色的紀念品。中央藝術坊是一棟兩層樓高的建築，一樓主要是賣手工藝品、木雕、香水和食物類的伴手禮，而二樓是繪畫、服裝、蠟染布等等。在這裡，如果用馬來語來詢問價錢，肯定是會得到比較低的價格囉！因為也會有一些馬來西亞人過來買東西啊！

此外，通常遊客也一定會去的地方是獨立廣場（Dataran Merdeka），這個地方是每一年舉辦國慶日慶典的所在地。這裡的地標蘇丹阿都沙末大廈（Sultan Badul Samad Building）可說是吉隆坡的重要地標，特色在於大約40公尺高的大鐘樓，和特殊造型的銅圓頂，白天時在太陽的照耀下，閃閃發亮。蘇丹阿都沙末大廈裡的吉隆坡藝廊，也相當值得參觀。

另外，如果您想要參觀博物館的話，建議您可以到馬來西亞伊斯蘭藝術博物（Islamic Arts Museum Malaysia）走走，裡面收藏了伊斯蘭各個時期的藝術品，包括阿拉伯書法、繪畫、服裝、紡織等等，再加上其建築物本身就相當有藝術感，是吉隆坡相當值得逛一逛的博物館。

如果您對印度文化有興趣，可以到吉隆坡的近郊黑風洞（Batu Cave）走訪。這是一個在山洞裡的印度廟，相當具有歷史價值和意義，它的特別之處在於，要先爬272級的樓梯，才能進入這個山洞口。272級有多高呢？大概是十層樓的高度！非常鼓勵大家來一趟，因為這附近有非常好吃的印度料理喔！

 你知道嗎？

吉隆坡開發得早，當時聚集了來自各地不同的人，因此吉隆坡的中心有最早的宮廟、清真寺、印度廟與錫克廟。參觀清真寺與錫克廟的時候，除了要脫鞋以外，有時候男女生都要穿戴長袍。其中，錫克教有一個特別的教條，就是男生一生都不能剪頭髮與刮鬍子，因此錫克教男子會用很長的頭巾把頭髮包起來。在英國殖民時代，錫克人最主要的職業是當警察。這些小知識，連很多馬來西亞人都不知道喔！

附錄

附錄 1　Kata Tanya 疑問代名詞

主要疑問代名詞

疑問代名詞	例句	詳細內容
1. apa 什麼	Apa nama kamu? 你的名字是什麼？	第4課
2. siapa 誰	Kamu siapa? 你是誰？	第4課
3. dari mana 來自哪裡	Kamu datang dari mana? 你來自哪裡？	第5課
4. di mana 在哪裡	Kamu berada di mana? 你在哪裡？	第5課
5. berapa 多少	Nombor telefon kamu berapa? 你的電話號碼幾號？	第6課
6. bagaimana 怎樣、怎麼樣、如何	Bagaimana memasak kari ayam? 怎麼煮咖哩雞？	第8課
7. bila 什麼時候、何時	Bila kamu mahu bertolak? 你何時要出發？	第10課
8. mengapa / kenapa 為什麼	Mengapa dia tidak datang? 他為什麼沒來？	第12課

其他疑問代名詞

疑問代名詞	例句	詳細內容
1. Umur berapa? 幾歲？	Umur kamu berapa? 你幾歲？	第6課
2. Boleh......? 可以嗎？	Boleh kurang sedikit? 可以減（便宜）一點嗎？	第6課 第7課
3. Ada......tak? 有……嗎？	Ada diskaun tak? 有折扣嗎？	第7課
4. Sudah......belum? 已經……了沒？	Sudah makan belum? 吃了沒？	第8課
5. Apa yang......? 什麼是……的？	Apa yang kamu cadangkan? 你推薦的是什麼？	第8課
6. yang mana 哪一個	Yang mana kamu suka? 你喜歡哪一個？	第9課
7. Jam berapa? 幾點鐘？	Jam berapa sekarang? 現在幾點？	第10課
8. berapa lama 多久	Sudah berapa lama di sini? 在這裡已經多久了？	第11課

附錄 2　Kata Hubung 連接詞

連接詞	例句	詳細內容
1. dan 和、還有	Saya suka makan nasi dan mi. 我喜歡吃飯和麵。	第4課
2. tetapi / tapi 但是	Anak saya pandai tetapi malas. 我的孩子聰明，但是懶惰。	第5課
3. kalau / jika 如果	Saya mahu beli kereta kalau saya ada wang. 如果我有錢，我要買車。	第5課
4. sama 和、同、跟、一樣、一起	Kopi sama susu. 咖啡和牛奶。	第8課
5. atau 或、還是	Kamu suka makan nasi atau mi? 你喜歡吃飯或麵？	第8課
6. jadi 所以	Saya belum makan, jadi sekarang lapar sekali. 我還沒吃，所以現在很餓。	第9課
7. yang 的	Yang besar itu. 大的那個。	第9課
8. supaya / agar 以便、為了	Ada banyak cara supaya badan menjadi kurus. 有很多方法以便（能讓）身體變瘦。	第9課
9. selepas / setelah / sesudah 之後	Selepas mandi, saya baca buku. 我在洗澡後看報紙。	第10課

連接詞	例句	詳細內容
10. selepas itu 在那之後	Saya bangun jam tujuh pagi. Selepas itu, saya gosok gigi. 我在早上7點起床。在那之後，我刷牙。	第10課
11. dulu 先、以前	Saya minta diri dulu. 我先告辭。	第3課 第11課
12. semasa 當	Dia sudah bertolak semasa saya tiba. 當我到的時候，他已經出發了。	第11課
13. sewaktu 當	Sewaktu saya sampai di rumah, ibu sudah tidur. 當我到家的時候，媽媽已經睡了。	第11課
14. ketika 當	Ketika saya bangun, ayah sudah pergi bekerja. 當我起床時，爸爸已經去工作了。	第11課
15. kerana / sebab 因為	Dia tidak pergi ke sekolah kerana sakit. 他沒去學校，因為生病了。	第12課
16. walaupun / meskipun 雖然	Walaupun saya belum makan, saya tidak lapar. 雖然我還沒吃，但是我不餓。	第12課

附錄 3　Kata Keterangan 副詞

副詞	例句	詳細內容
1. sudah / telah 已經	Sudah makan. 已經吃了。	第3課 第8課 第11課
2. tidak 不	Tidak apa-apa. 沒關係。	第3課 第5課
3. bukan 不是	Saya bukan Orang Malaysia. 我不是馬來西亞人。	第5課
4. hendak / mahu / nak 要	Saya mahu beli kereta kalau saya ada wang. 如果我有錢，我要買車。	第5課 第8課 第11課
5. saja 只、而已	Satu saja. 只有一個而已。	第7課
6. banyak 多	Ada banyak orang di sana. 那裡有很多人。	第7課
7. lagi 再、還	Satu lagi. 再一個。	第8課 第12課
8. belum 還沒	Saya belum makan. 我還沒吃。	第3課 第8課
9. harus 需要、應該	Kamu harus datang. 你應該要來。	第8課
10. jangan 別、勿	Jangan merokok di sini. 請勿在這裡抽菸。	第8課

副詞	例句	詳細內容
11. sekali 極了、一次	Dia cantik sekali. 她美極了。 Ulang sekali lagi. 再重複一次。	第8課
12. sangat 很、非常	Dia sangat cantik. 她很美。	第8課
13. nampaknya 看起來	Kamu nampaknya letih. 你看起來很累。	第9課
14. kira-kira 差不多	Kira-kira jam enam. 差不多6點。	第10課
15. lebih kurang 差不多	Lebih kurang jam tujuh. 差不多7點。	第10課
16. nanti 待會兒	Saya akan makan nanti. 我待會兒會吃。	第10課
17. sekarang 現在	Saya sedang makan sekarang. 我現在正在吃。	第10課
18. tadi 剛才	Saya sudah makan tadi. 我剛才已經吃了。	第10課
19. biasanya 通常	Saya biasanya bangun jam lapan. 我通常8點起床。	第10課
20. selalu 總是	Saya selalu berjalan kaki ke sekolah. 我總是走路去上學。	第10課

副詞	例句	詳細內容
21. sering 常常	Saya sering bangun jam tujuh. 我常常在7點起床。	第10課
22. kadang-kadang 有時候	Saya kadang-kadang baca buku. 我有時候（會）看書。	第10課
23. jarang 很少	Saya jarang minum kopi. 我很少喝咖啡。	第10課
24. tidak pernah 不曾	Saya tidak pernah makan durian. 我不曾吃過榴槤。	第10課
25. sedang 正在	Saya sedang makan sekarang. 我現在正在吃。	第11課
26. akan 將要、將會	Saya akan makan nanti. 我待會兒將會吃。	第11課
27. selama 長達、在……的期間	Saya pergi ke Taiwan selama dua bulan. 我去台灣長達2個月。	第11課
28. pernah 曾經	Saya pernah ke Malaysia. 我曾經去過馬來西亞。	第11課
29. lebih 比較	Saya lebih suka makan nasi ayam. 我比較喜歡吃雞飯。	第12課
30. tidak begitu 沒那麼	Saya tidak begitu suka mi kari. 我沒那麼喜歡咖哩麵。	第12課

附錄 4　Kata Depan 介係詞

介係詞	例句	詳細內容
1. dari 來自	Kamu datang dari mana? 你來自哪裡？	第5課
2. di 在	Kamu berada di mana? 你在哪裡？	第5課
3. untuk 為了、對……來說、給	Ibu membeli baju untuk ayah. 媽媽買衣服給爸爸。	第7課
4. pada 於、在	Saya bangun pada jam lapan. 我在8點起床。	第10課
5. dengan 跟、和、用	Saya tinggal dengan ibu saya. 我跟我媽媽住。	第11課
6. ke 去	Kamu mahu pergi ke mana? 你要去哪裡？	第11課

附錄 5　Imbuhan 前綴、後綴

前綴、後綴	例句	詳細內容
1. 前綴「se-」 「一」的意思	Saya seorang guru. 我是一位老師。	第4課
2. 後綴「-nya」 他的（第三人稱所有格）	Namanya Hassan. 他的名字是Hassan。	第4課
3. 前綴「ke-」 形成序號	Saya anak yang ketiga. 我是排行第三的小孩。	第6課
4. 後綴「-an」 形成名詞	Makanan ini sedap sekali. 這個食物很美味。	第12課

附錄 6　Angka, Urutan dan Penjodoh Bilangan 數字、序號與量詞

　　馬來語的數字、序號與量詞的用法，和英文、中文都很相似。只是量詞在馬來語中並不是特別重要，所以很多時候可以省略。

① 數字的寫法

（1）若是當作一般的統計、數量、長度、大小、時間等，都可以使用阿拉伯數字（1, 2, 3）或用羅馬符號（I, II, III），也可以使用馬來語。

　　　數量詞的語順如下，以「2台車子」為例：

- 數字＋量詞＋名詞　　或　　數字＋名詞
  dua＋buah＋kereta　　　　　dua＋kereta

例如

- Saya punya dua buah kereta.　　　我有2台車。
- Saya punya 2 buah kereta.　　　　我有2台車。
- Saya punya 2 kereta.　　　　　　我有2台車。

（2）當作描述性的名詞時，數字會放在名詞的後面，用來形容或修飾名詞。

例如

- Naik bas kota nombor 236.　　　搭236號的市區巴士。
- Baca majalah Dewan jilid 156.　　讀156號（期）的《Dewan》雜誌。

（3）若是長串號碼，例如：電話號碼或是身分證號碼等，可以用群組的方式，並以「-」或「.」作區隔。在唸數字的時候，也應該一組一組分段唸，避免混淆。

例如

- Nombor telefon saya 0920-123-456.　　我的電話號碼是0920-123-456。

② 序號的寫法

（1）前面課文已經介紹過，數字當作序號使用時，會用前綴「ke-」加在數字的前面。也就是說，「ke-」可以加在馬來語數字前，也可以直接加在阿拉伯數字前，只有格式有所不同而已。而序號通常加在名詞的後面，因為是用來描述和形容該名詞。

序號的語順如下，以「排行第三的小孩」為例：

- 名詞＋序號（馬來語）　　或　　名詞＋序號（阿拉伯數字）
  anak＋ketiga　　　　　　　　anak＋ke-3

例如

- Saya anak ketiga.　　我是排行第三的小孩。

- Nisah duduk di kerusi kelima dari depan.
  Nisah坐在從前面（算起）第五張椅子。

（2）「ke-」加在數字的前面，也可當作數量的集合，例如：這 2 個、那 3 個，並放在名詞前面，用作類似數量詞的功能。

「ke-」作為數量集合時的語順如下，以「這3個學生」為例：

- [序號-數字（重複兩次）]＋名詞
  ketiga-tiga　　　　　　　　＋murid

例如

- kedua-dua anak itu　　那2個孩子
- ketiga-tiga orang itu　　那3個人

再分辨一下：

- anak kedua　　　　　　（排行）第二的孩子
- kedua-dua anak itu　　那2個孩子
- kerusi ketiga　　　　　第三張椅子
- ketiga-tiga kerusi itu　那3張椅子

如果序號和名詞的排列方式顛倒，會變成不同的意思，因此要特別注意。

③ **數量詞的寫法**

馬來語也有量詞，最常見的是「orang」（位、名）、「ekor」（只、隻）和「buah」（個），不過不使用量詞也沒有關係。

數量詞的語順如下，以「2本書」為例：

- 數字＋量詞＋名詞 　 或 　 數字＋名詞
  dua＋buah＋buku 　 　 dua＋buku

但如果是「1」，例如：1位、1個、1隻等，「satu」都要換成前綴「se-」。

例如

- satu orang → seorang
- satu buah → sebuah

（1）「orang」（人、位、名）

「orang」的原意是「人」，例如：「encik」（先生）、「pelajar」（學生）或「doktor」（醫生）等。任何與人相關的名詞，若要加上量詞，就是使用「orang」。

例如

- Ada seorang encik duduk di sana. 　 　 有1位先生坐在那裡。
- Di sini ada dua orang pelajar. 　 　 在這裡有2位學生。
- Di hospital itu ada tiga orang doktor. 　 　 在那間醫院有3名醫生。

（2）「ekor」（只、隻）

「ekor」的原意是「尾巴」，因此用來當作動物的量詞。

例如

- Di rumah saya ada dua ekor anjing. 　 　 在我的家有2隻狗。
- Ada seekor kucing di sini. 　 　 在這裡有1隻貓。

（3）「buah」（個；也相同於中文的台、本、間、粒、顆等）

「buah」的用途非常廣，是最普遍的量詞，可用於一般名詞或可數的名詞。

例如

- Dia ada sebuah buku. 　　　　　　　　　　　他有1本書。
- Di sini ada dua buah kereta dan tiga buah rumah. 　　在這裡有2台車和3間房子。

（4）其他量詞：可數的物品

- 「batang」（根）：可用在「pokok」（樹）、「pen」（筆）等長條形的物品。
- 「biji」（粒）：可用在「telur」（蛋）、「kuih」（糕）等小顆的物品。
- 「pasang」（雙）：可用在一對的物品，例如：「kasut」（鞋子）、「mata」（眼睛）等。
- 「helai」（片、張）：可用在「baju」（衣服）、「kertas」（紙）等薄的物品。
- 「kaki」（支、把）：特別用在「payung」（雨傘）。

（5）其他量詞：不可數的物品，可使用其動作或容器當作量詞。

- 「potong」（切）：可用在「sepotong roti」（1片麵包）（麵包被切下來）。
- 「gelas」（杯子）：可用在「segelas air」（1杯水）。
- 「botol」（瓶子）：可用在「sebotol teh」（1瓶茶）。
- 「piring」（盤）：可用在「sepiring nasi」（1盤飯）。
- 「mangkuk」（碗）：可用在「semangkuk sup」（1碗湯）。

（6）其他量詞：重量、長度、體積、容量、寬度等，與英文相似。

- 重量：「ton」（噸）、「kilogram / kg」（公斤）、「gram / g」（克）
- 長度：「kilometer / km」（公里）、「meter / m」（公尺）、「sentimeter / sm」（公分）、「milimeter / mm」（公厘）、「inci」（吋）、「kaki」（呎）
- 容量：「liter」（公升）
- 體積：「kubik」（立方體；*cubic*）
- 面積：「meter persegi / m^2」（平方公尺）

附錄 7　Tentang Hari dan Tarikh 日期和時間的用法

①「hari」（日）、「bulan」（月）和「tahun」（年）有不同的問法

　　在馬來語中，疑問代名詞的位置可以決定你要問什麼問題。例如：「hari bulan berapa」用來問日期（幾號），「hari apa」用來問星期幾，「berapa hari」用來問幾天。而「bulan apa」用來問月份，「tahun apa」用來問年份，「berapa tahun」用來問時間的長度、幾年（量詞）或歲數。

例如

（1）「hari」（日）的問法

①「Hari bulan berapa?」（幾號？）

- Hari ini hari bulan berapa?　　　今天幾號？
  Hari ini hari bulan tiga.　　　今天3號。

②「Hari apa?」（星期幾？）

- Hari ini hari apa?　　　今天星期幾？
  Hari ini hari Sabtu.　　　今天星期六。

③「Berapa hari?」（幾天？）

- Sudah berapa hari tinggal di sini?　　在這裡住幾天了？
- Sudah tiga hari.　　　已經3天了。

（2）「bulan」（月）的問法

①「Bulan apa?」（幾月？）

- Sekarang bulan apa?　　　現在是幾月？
  Sekarang bulan Mac.　　　現在是三月。

②「Berapa bulan?」（幾個月？）

- Sudah <u>berapa</u> bulan tinggal di sini?　在這裡住了幾個月？
  Sudah tiga bulan.　已經3個月了。

（3）「tahun」（年）的問法

①「Tahun <u>berapa</u>?」（什麼年份？）

- Tahun ini tahun <u>berapa</u>?　今年是幾年？
  Tahun ini tahun dua ribu lapan belas.　今年是2018年。

②「<u>Berapa</u> tahun?」（幾年？／幾歲？）

- Sudah <u>berapa</u> tahun tinggal di sini?　在這裡住幾年了？
  Sudah dua tahun.　已經2年了。

項目	時間問法		時間長度問法	
時間	Jam berapa? Jam tiga.	幾點鐘？ 3點鐘。	Berapa jam? Tiga jam.	幾小時？ 3小時。
星期／天數	Hari apa? Hari Rabu.	星期幾？ 星期三。	Berapa hari? Tiga hari.	幾天？ 3天。
	Hari bulan berapa? Hari bulan tiga.	幾號？ 3號。		
月份／月數	Bulan apa? Bulan Mac.	什麼月份？ 三月。	Berapa bulan? Tiga bulan.	幾個月？ 3個月。
年份／歲數	Tahun berapa? Tahun 2018.	什麼年份？ 2018年。	Berapa tahun? Tiga tahun.	幾年？ 3年。

② 日期的寫法

　　馬來語的日期寫法，剛好跟中文相反。

　　日期的寫法是：

- hari bulan＋數字＋月份＋tahun＋數字

例如

- 1995年3月10日

　Hari bulan 10 Mac tahun 1995

　10 hb. Mac, 1995

小提醒

1. 「hb.」是「hari bulan」的縮寫。
2. 如果唸年份的話，可以用類似英文的唸法，例如：「sembilan belas sembilan puluh lima」（*nineteen ninety five*），但是不能單獨唸數字。

附錄 8　Negeri dan Wilayah Persekutuan di Malaysia 馬來西亞各州與直轄區列表

　　馬來西亞全國共有13州和3個聯邦直轄區，西馬共有11州、2個聯邦直轄區，而東馬有2個州、1個聯邦直轄區。

Negeri 州		Ibu negeri 首府		Bandar Diraja 皇城	
1. Sarawak	砂勞越	Kuching	古晉	-	
2. Sabah	沙巴	Kota Kinabalu	亞庇	-	
3. Selangor	雪蘭莪州	Shah Alam	沙亞南	Klang	巴生
4. Perak	霹靂州	Ipoh	怡保	Kuala Kangsar	江沙
5. Pulau Pinang 檳城州		Georgetown	喬治市	-	
6. Kedah	吉打州	Alor Setar	亞羅士打	Anak Bukit	安南武吉
7. Perlis	玻璃市州	Kangar	加央	Arau	亞婁
8. Kelantan	吉蘭丹州	Kota Bahru	哥打峇魯	Kota Bahru	哥打峇魯
9. Terengganu	登嘉樓州	Kuala Terengganu 瓜拉登嘉樓		Kuala Terengganu 瓜拉登嘉樓	
10. Pahang	彭亨州	Kuantan	關丹	Pekan	北根
11. Melaka	馬六甲州	Bandar Melaka	馬六甲市	-	
12. Negeri Sembilan 森美蘭州		Seremban	芙蓉市	Seri Menanti	神安池
13. Johor	柔佛州	Johor Bahru	新山	Muar	麻坡

直轄區

A. Kuala Lumpur	吉隆坡聯邦直轄區
B. Putrajaya	布城聯邦直轄區
C. Labuan	納閩聯邦直轄區

附錄 9　練習題解答

第1課

練習一下（2）

1. ada

2. emas

3. mereka

4. ikan

5. orang

6. ukur

練習一下（3）

1. beli	6. baik
2. cantik	7. malu
3. masjid	8. minum
4. gigi	9. nasi
5. hati	10. susu

四、Latihan 學習總複習

A. 聽力練習

1. apa（什麼）	6. umur（年齡）
2. enam（六）	7. babi（豬）
3. enak（美味）	8. cinta（愛）
4. kereta（車子）	9. mandi（洗澡）
5. ini（這）	10. maaf（原諒、抱歉）

B. 翻譯練習

1. guru	6. mahu
2. rumah	7. nama
3. jalan	8. pagi
4. kaki	9. belajar
5. lihat	10. suka

D. 寫作練習

1. Saya Orang Taiwan.

2. Saya suka belajar Bahasa Melayu.

3. Saya suka makan nasi ikan.

4. Saya suka minum teh panas.

5. Saya ada wang.

第2課

練習一下（1）

1. sampai

2. pantai

3. pulau

4. amoi

5. harimau

練習一下（2）

1. masyarakat	5. bungkus
2. nyanyi	6. bengkak
3. bunga	7. syukur
4. khas	8. singgah

練習一下（3）

1. pagi、bagi

2. dari、tari

3. gagak、kakak

四、Latihan 學習總複習

A. 聽力練習

1. pandai（聰明）	6. ngeri（可怕）
2. danau（湖）	7. hanya（僅）
3. amoi（小妹妹）	8. masyarakat（社會）
4. khusus（特別）	9. tangan（手）
5. singa（獅子）	10. dengan（跟、和）

B. 翻譯練習

1. dengar   5. bangun

2. dengan   6. bungkus

3. tengah   7. singa

4. tangan   8. singgah

D. 寫作練習

1. Saya suka dengar lagu.

2. Saya bangun pagi.

3. Saya makan pagi.

4. Saya suka nyanyi.

第3課

練習一下（1）

1. Selamat pagi.   4. Khabar baik.

2. Selamat tengah hari.   5. Terima kasih.

3. Apa khabar?   6. Sama-sama.

練習一下（2）

1. Selamat pagi, Puan Susanti.	早安，Susanti女士。
2. Selamat malam, cik.	晚安，小姐。
3. Selamat petang, Encik Hassan.	下午好，Hassan先生。
4. Sudah lama tidak jumpa, Puan Dewi.	好久不見，Dewi女士。
5. Terima kasih.	謝謝。

練習一下（3）

1. Selamat Tahun Baru Cina.	農曆新年快樂！
2. Selamat Deepavali.	排燈節愉快！
3. Selamat Hari Raya Aidilfitri.	開齋節愉快！
4. Selamat Hari Gawai.	豐收節愉快！
5. Selamat Hari Jadi.	生日快樂！
6. Tahniah!	恭喜！

四、Latihan 學習總複習

A. 聽力練習

Hassan: (1) Selamat pagi, puan.　　早安，女士。

Siti: (2) Selamat pagi, encik.　　早安，先生。

Hassan: Apa khabar?　　你好嗎？

Siti: Khabar baik.　　我很好。

Hassan: (3) Terima kasih.　　謝謝。

Siti: (4) Sama-sama.　　不客氣。

B. 翻譯練習

1. Apa khabar, encik?

2. Khabar baik, terima kasih.

3. Selamat tengah hari, sudah makan?

4. Selamat malam, saya minta diri dulu.

5. Gembira bertemu dengan kamu, encik.

6. Sudah lama tidak jumpa.

D. 寫作練習

1. Tumpang tanya.

2. Semoga cepat sembuh.

3. Tunggu sekejap.

4. Maaf.

第4課

練習一下（1）

1. Saya suka kamu.

2. Saya suka nama kamu.

3. Saya Orang Taiwan.

4. Nama saya Anwar.

5. Dia suka baju kamu.

6. Apa nama kamu?

練習一下（2）

1. Kamu siapa?

2. Saya seorang guru.

3. Dia ayah saya.

4. Ayah saya suka baju kamu.

5. Dia kawan baik saya.

6. Dia guru Bahasa Melayu saya.

四、Latihan 學習總複習

A. 聽力練習

Anwar: Selamat pagi, puan.	早安，女士。
Siti: (1) Selamat pagi, encik.	早安，先生。
Anwar: Apa nama kamu?	你的名字是什麼？
Siti: Nama saya Siti. (2) Apa nama encik?	我的名字是Siti。先生（您）的名字是什麼？
Anwar: Nama saya Anwar Ibrahim.	我的名字是Anwar Ibrahim。
(3) Apa khabar, Puan Siti?	妳好嗎，Siti女士？
Siti: Khabar baik. Dan encik?	我很好。那先生呢？
Anwar: Saya juga baik.	我也好。
Siti: (4) Dia siapa?	他是誰？
Anwar: Dia (5) kawan baik saya.	他是我的好朋友。

B. 翻譯練習

1. Apa nama kamu?

2. Nama saya Hassan.

3. Apa nama encik?

4. Nama saya Anwar.

5. Apa namanya?

6. Namanya Siti.

7. Dia siapa?

8. Dia kawan baik saya.

D. 寫作練習

　　Selamat pagi semua. Nama saya Fatimah. Saya seorang pelajar. Hassan kawan baik saya di sekolah. Dia suka makan mi dan minum teh. Ayah saya seorang peniaga. Namanya Anwar. Dia menjual baju di pasar. Ibu saya seorang guru. Namanya Nurul. Dia guru Bahasa Melayu di sekolah.

短文翻譯：

　　大家早。我的名字是Fatimah。我是一名學生。Hassan是我在學校的好朋友。他喜歡吃麵和喝茶。我的爸爸是一位商人。他的名字是Anwar。他在市場賣衣服。我媽媽是一位老師。她的名字是Nurul。他是學校裡的馬來語老師。

第5課

練習一下（1）

1. Kamu dari mana?

2. Saya dari Taiwan.

3. Saya bukan Orang Taiwan.

4. Saya dari Taiwan tetapi saya sekarang tinggal di Singapura.

5. Kalau saya ada wang, saya mahu beli kereta.

6. Saya tidak ada wang.

練習一下（2）

1. Kamu tinggal di mana?

2. Saya tinggal di Bandar Taipei.

3. Kamu bekerja di mana?

4. Saya bekerja di Kuala Lumpur.

5. Kamu belajar di mana?

四、Latihan 學習總複習

A. 聽力練習

A：Kamu (1) datang dari mana?　　　　你來自哪裡？

B：Saya dari Malaysia.　　　　　　　我來自馬來西亞。

A：Kamu (2) lahir di mana? 你在哪裡出生？

B：Saya lahir di Kuala Lumpur. 我在吉隆坡出生。

A：Sekarang kamu (3) tinggal di mana? 現在你住在哪裡？

B：Saya tinggal di Taipei. 我住在台北。

A：Kamu (4) bekerja di mana sekarang? 你現在在哪裡工作？

B：Saya bekerja di Taipei. 我在台北工作。

A：Kamu di mana sekarang? 你現在在哪裡？

B：Saya (5) di pejabat. 我在辦公室。

B. 翻譯練習

1. Saya Orang Taiwan tetapi saya tinggal di Malaysia sekarang.

2. Kalau kamu pergi ke pasar, kamu mahu beli apa?

3. Kamu dari mana?

4. Saya bukan Orang Malaysia.

5. Saya dari Taiwan.

D. 寫作練習

Selamat pagi semua. Izinkan saya perkenalkan diri. Nama saya Nurul dan saya dari Ipoh, Perak. Saya bukan orang tempatan di sini. Saya seorang mahasiswa dan belajar di Taipei sekarang. Saya juga tinggal di Taipei. Di sini, ada banyak makanan yang sedap. Saya suka tinggal di sini.

短文翻譯：

大家早。請允許我自我介紹。我的名字是Nurul，我來自霹靂州怡保。我不是這裡的本地人。我是一位大學生，現在在台北唸書。我也住在台北。在這裡，有很多美味的食物。我喜歡住在這裡。

第6課

練習一下（1）

0	dua
1	tujuh
2	lapan
3	empat
4	sembilan
5	lima
6	sepuluh
7	satu
8	tiga
9	kosong
10	enam

練習一下（2）

1. Nombor telefon kamu berapa?

2. Boleh kasih saya nombor telefon kamu?

3. Umur kamu berapa?

4. Umur saya lapan belas tahun.

四、Latihan 學習總複習

B. 翻譯練習

1. dua puluh tiga

2. lima belas

3. sebelas

4. sepuluh

5. dua belas

6. dua puluh

7. kedua

8. pertama

D. 寫作練習

　　Nama saya Nurul Izzah binti Abdullah Hassan. Saya seorang mahasiswa di Universiti Malaya. Saya dari Kelantan tetapi sekarang tinggal di Kuala Lumpur. Umur saya dua puluh satu tahun. Keluarga saya ada lima orang, iaitu ayah, ibu, dua kakak dan saya. Kakak saya bernama Fatimah dan Noraini. Fatimah sudah berumur dua puluh lapan tahun dan Noraini baru berumur dua puluh tiga tahun. Nombor telefon saya 012-3456789. Telefon saya kalau mahu ajak saya keluar.

短文翻譯：

　　我的名字是Nurul Izzah binti Abdullah Hassan。我是馬來亞大學的大學生。我來自吉蘭丹但是現在住在吉隆坡。我的年齡是21歲。我的家庭有5個人，那就是爸爸、媽媽、兩個姐姐和我。我的姐姐們名字叫做Fatimah和Noraini。Fatimah已經28歲，而Noraini才23歲。我的電話號碼是012-3456789。如果要約我出去，打電話給我吧！

第7課

練習一下（1）

1. Kereta ini sangat besar.

2. Ini kereta saya.

3. Rumah itu cantik.

4. Itu rumah saya.

5. Boleh kurang sedikit?

練習一下（2）

1. Ada diskaun tak?

2. Ada baju batik tak?

3. Untuk apa?

4. Ini untuk kamu.（Ini kasih kamu.）

5. Tak bolehlah!

四、Latihan 學習總複習

A. 聽力練習

A：Selamat datang, puan. 　　　　　　　　歡迎光臨，女士。

B：Malam, pak. (1) Ada baju batik tak? 　　晚安，先生。有蠟染衣嗎？

A：Ya, ada (2) banyak baju batik yang cantik. 是，有很多美麗的蠟染衣。

B：Saya (3) nak beli baju kebaya. 　　　　　我要買格芭雅。

A：Baju kebaya ini (4) sangat cantik. 　　　這件格芭雅很美。

B：Saya juga nak beli (5) seluar panjang. 　我也要買長褲。

A：Ini dia. Nak apa lagi? 　　　　　　　　在這裡。還要什麼？

B：Itu saja. 　　　　　　　　　　　　　　就那樣。

B. 翻譯練習

1. Ibu beli baju untuk ayah.

2. Ada banyak orang di sana.

3. Saya nak beli baju batik ini.

4. Ini rumah saya.

5. Saya tinggal di rumah ini.

D. 寫作練習

　　Pada cuti sekolah yang lalu, saya pergi melancong bersama dengan keluarga saya. Kami pergi ke pantai untuk piknik. Setelah main di pantai, kami pergi berjalan-jalan di pasar malam. Di sana, ada banyak barang dan cenderamata yang cantik. Ibu membeli baju batik untuk ayah dengan harga RM 50 dan saya membeli sebuah gasing dengan harga RM 30. Setelah makan malam, kami pun balik ke rumah.

短文翻譯：

　　在上一個學校假期，我和家人一起去旅遊。我們去海邊野餐。在海邊玩了之後，我們去夜市走走。在那裡，有很多美麗的東西和紀念品。媽媽買了50令吉的蠟染衣給爸爸。我用30令吉買了一個陀螺。吃完晚餐後，我們也就回家了。

第8課

練習一下（1）

1. Sudah oder belum?

2. Nasi lemak satu sama roti canai satu.

3. Kamu mahu kopi panas atau kopi ais?

4. Saya belum makan lagi.

5. Satu lagi.

練習一下（2）

1. Apa yang kamu cadangkan?

2. Kamu harus makan nasi lemak.

3. Jangan taruh sambal.

4. Ada apa yang pedas?

5. Saya ulang sekali lagi.

6. Bagaimana memasak nasi lemak?

四、Latihan 學習總複習

A. 聽力練習

Pelayan: Encik, (1) sudah oder belum?　　先生，點餐了沒？

Hassan: (2) Apa yang pedas?　　什麼是辣的？

Pelayan: Nasi briyani dan (3) kari ayam.　　印度薑黃飯和咖哩雞。

Hassan: Untuk minum, (4) apa yang kamu cadangkan?　　喝的呢，你推薦什麼？

Pelayan: Teh tarik.　　拉茶。

Hassan: Kasih saya nasi briyani satu dan (5) teh tarik panas satu.
　　給我一盤印度薑黃飯和一杯熱拉茶。

B. 翻譯練習

1. Sudah oder belum?

2. Apa yang kamu cadangkan?

3. Kamu mahu kopi panas atau kopi ais?

4. Nak makan sama saya?

5. Jangan taruh sambal.

D. 寫作練習

Kalau kamu berpeluang melancong ke Malaysia, saya cadangkan kamu harus cuba beberapa makanan yang sedap dan khas di Malaysia. Makanan pertama yang saya cadangkan ialah nasi lemak. Nasi lemak ada di mana-mana saja. Orang Malaysia makan nasi lemak pada pagi, tengah hari dan malam. Makanan kedua yang harus kamu cuba ialah roti canai. Kamu dapat cari roti canai di kedai mamak yang berniaga pada waktu malam. Kalau untuk minuman, pastilah kamu cuba teh tarik yang juga terdapat di kedai mamak.

短文翻譯：

如果你有機會到馬來西亞旅遊，我建議你去試試在馬來西亞幾個好吃又特別的食物。我推薦的第一個食物是椰漿飯。到處都有椰漿飯。馬來西亞人在早上、中午和晚上都吃椰漿飯。我要推薦的第二個食物是印度甩餅。你可以在晚上營業的嘛嘛檔找到印度甩餅。至於飲料，你一定要試試也是在嘛嘛檔有的拉茶。

小提醒：

嘛嘛檔（kedai mamak）是由印度裔穆斯林所開的餐廳，一般上提供印度風味的清真食物。

第9課

練習一下（1）

1. Yang mana ayah kamu?

2. Yang pendek itu.

3. Saya ada tiga adik-beradik.

4. Saya sudah makan jadi tidak lapar.

5. Kamu nampaknya cantik sekali.

練習一下（2）

1. Cik, kamu sudah kahwin belum?

2. Sudah kahwin.

3. Ada berapa anak?

4. Hanya satu.

5. Saya bangun pagi supaya tidak lewat.

四、Latihan 學習總複習

A. 聽力練習

A：Cik (1) <u>sudah kahwin belum</u>?　　小姐，結婚了沒？

B：(2) <u>Sudah</u>.　　　　　　　　　　（已經）結了。

A：Sudah (3) <u>ada anak</u>?　　　　　已經有小孩了嗎？

B：Sudah.　　　　　　　　　　　　（已經）有了。

A：Ada (4) <u>berapa anak</u>?　　　　　有幾個小孩？

B：Satu saja.　　　　　　　　　　一個而已。

A：Lelaki atau perempuan?　　　　男的還是女的？

B：(5) <u>Anak perempuan</u>.　　　　　女兒。

B. 翻譯練習

1. Kamu ada berapa adik-beradik?

2. Saya ada dua adik-beradik.

3. Kamu sudah kahwin belum?

4. Kamu ada berapa anak?

5. Saya ada seorang anak perempuan.

6. Yang mana anak perempuan kamu?

D. 寫作練習

　　Nama saya Ong Kah Heng. Saya tinggal di Pulau Pinang bersama dengan keluarga saya. Saya ada tiga lagi adik-beradik. Abang saya bernama Ong Kah Xiong dan dia berumur 30 tahun. Dia seorang jurutera. Kakak saya bernama Ong Kah Bee dan dia berumur 28 tahun. Kakak saya seorang guru Bahasa Inggeris yang mengajar di sekolah rendah. Adik saya bernama Ong Kah Beng dan dia masih belajar di sekolah menengah. Saya akan belajar di Universiti Malaya dan akan pindah ke Kuala Lumpur.

短文翻譯：

　　我的名字是王家興。我和家人一起住在檳城。我還有3個兄弟姐妹。我的哥哥名字叫王家雄，他30歲。他是一位工程師。我的姐姐名字叫王家美，她28歲。我的姐姐是一位在小學教書的英文老師。我的弟弟名字叫王家炳，他還在中學唸書。我將會在馬來亞大學唸書，將會搬到吉隆坡。

第10課

練習一下（1）

1. Jam berapa sekarang?

2. Sekarang jam empat.

3. Saya akan makan nanti.

4. Jam berapa kamu mahu bertolak?

5. Kira-kira jam lima petang.

練習一下（2）

1. Kamu biasanya tidur jam berapa?

2. Saya biasanya tidur jam sembilan.

3. Pada jam lima, saya akan balik.

4. Saya suka baca buku.

5. Dia suka menonton TV.

四、Latihan 學習總複習

A. 聽力練習

Ahmad: Biasanya (1) pukul berapa kamu bangun?　　通常你幾點起床？

Nina: Saya biasanya (2) bangun pukul tujuh.　　我通常7點起床。

Ahmad: (3) Selepas itu, kamu buat apa?　　在那過後，你做什麼？

Nina: Saya (4) mandi dan makan sarapan.　　我洗澡和吃早餐。

Ahmad: Bila bertolak ke sekolah?　　何時出發去學校？

Nina: (5) Lebih kurang jam lapan.　　差不多8點。

B. 翻譯練習

1. Jam berapa sekarang?

2. Sekarang jam tiga petang.

3. Kamu biasanya bangun jam berapa?

4. Saya biasanya bangun jam tujuh pagi.

5. Kamu mahu bertolak jam berapa?

6. Kira-kira jam enam petang.

D. 寫作練習

Nama saya Riana. Umur saya 18 tahun. Setiap pagi, saya bangun pada pukul enam. Lalu, saya makan sarapan pada pukul tujuh. Biasanya saya makan roti bakar dan minum susu. Setelah itu, saya bertolak ke sekolah pada pukul 7:30. Saya belajar Bahasa Melayu di sekolah. Pelajaran Bahasa Melayu bermula pada pukul 8 pagi dan berakhir pada pukul 12 tengah hari. Saya balik ke rumah pada pukul 1 petang dan berehat sebentar. Setelah itu, saya mengulang kaji pelajaran saya. Pada pukul 6 petang, saya keluar bermain bola bersama kawan saya. Saya makan malam pada pukul 7 malam dan pergi tidur pada pukul 10 malam.

短文翻譯：

我的名字是Riana。我18歲。每天早上，我6點起床。然後，我7點吃早餐。通常我吃烤麵包和喝牛奶。在那之後，我7點半時出發去學校。我在學校裡學習馬來語。馬來語課程從早上8點開始，中午12點結束。我下午1點回家，並休息一陣子。在那之後，我複習我的課程。傍晚6點，我出門去跟我的朋友玩球。我晚上7點吃晚餐，晚上10點去睡覺。

第11課

練習一下（1）

1. Saya sedang belajar Bahasa Melayu.
2. Saya mahu pergi jalan-jalan nanti.
3. Saya sudah pergi ke sana.
4. Saya mahu balik ke rumah.
5. Hari ini hari bulan berapa?
6. Hari ini hari bulan dua puluh tiga.

練習一下（2）

1. Semasa saya tidur, dia sudah balik.
2. Kamu balik dulu.
3. Sudah berapa lama tinggal di Taiwan?
4. Sudah tiga tahun.
5. Saya pernah makan durian.
6. Saya akan pergi ke Malaysia selama tiga bulan.

四、Latihan 學習總複習

A. 聽力練習

Nul: Abang Hassan, (1) jom ke pasar malam sama saya.

    Hassan哥，走吧，跟我一起去夜市。

Hassan: Bila?   何時？

Nul: (2) Malam nanti, jam sembilan, boleh?   待會兒晚上，9點，可以嗎？

Hassan: Aduh, maaf Nul, aku harus belajar. Besok ada ujian.

       唉唷，抱歉Nul，我需要念書。明天有考試。

Nul: Bagaimana kalau (3) besok malam?   如果明天晚上怎麼樣？

Hassan: Besok malam boleh. Jam berapa?   明天晚上可以。幾點？

Nul: (4) Jam lapan, boleh?   8點，可以嗎？

Hassan: Boleh, (5) jumpa lagi besok.   可以，明天見。

B. 翻譯練習

1. Hari ini hari bulan berapa?

2. Hari ini hari bulan tiga.

3. Besok kamu mahu pergi ke mana?

4. Besok saya mahu pergi ke pejabat.

5. Bila kamu mahu pergi ke Malaysia?

6. Mungkin minggu depan.

D. 寫作練習

    Pada bulan Januari yang lalu, sempena hari jadi saya, kami sekeluarga pergi melancong di Melaka. Kami bercuti di sana selama dua hari, iaitu hari Sabtu dan Ahad. Kami tinggal dekat pusat bandar supaya kami boleh pergi berjalan-jalan ke mana-mana saja.

    Pada hari pertama, kami pergi ke daerah Rumah Merah. Di sana ada banyak bangunan yang bersejarah. Kami mengambil foto di sana. Pada hari kedua, kami pergi berkunjung ke Taman Mini Melaka. Di sana kami melihat pelbagai jenis rumah tradisional dari seluruh Malaysia. Selepas makan nasi ayam di Jonker Street, kami pun bertolak pulang.

短文翻譯：

    在一月的時候，適逢我的生日，我們一家人去馬六甲旅行。我們在那裡度假了兩天，即星期

六和星期日。我們住靠近市中心，以便可以到處去走走。

第一天，我們去紅屋區。在那裡，有很多歷史建築。我們在那裡拍了照片。第二天，我們去馬六甲迷你公園參訪。在那裡，我們看到來自馬來西亞各種各樣的傳統房屋。在雞場街吃了雞飯之後，我們便啟程回家。

第12課

練習一下（1）

1. Mengapa dia tidak pergi ke sekolah?
2. Dia tidak pergi ke sekolah kerana ayahnya sakit.
3. Walaupun saya Orang Malaysia, tapi saya tidak tahu cakap Bahasa Melayu.
4. Saya tidak begitu suka makan tauhu busuk.
5. Saya lebih suka baju merah.
6. Bagi saya, Bahasa Melayu tidak susah.

練習一下（2）

1. Orang itu ayah saya.
2. Orang (yang) tua itu ayah saya.
3. Orang (yang) tua itu sedang makan nasi lemak.
4. Rumah itu sangat besar.
5. Rumah yang sangat besar itu cantik sekali.
6. Rumah yang sangat besar itu sudah rosak.

四、Latihan 學習總複習

A. 聽力練習

Guru: (1) Mengapa kamu (2) pilih warna kuning?　　為什麼你要選黃色？

Murid: (3) Kerana bendera Malaysia ada warna kuning.　　因為馬來西亞國旗有黃色。

Guru: Kamu (4) lebih suka merah atau biru?　　你比較喜歡紅色或藍色？

Murid: Saya lebih suka merah. Saya (5) tidak begitu suka biru.

　　　　我比較喜歡紅色。我沒那麼喜歡藍色。

Guru: Baiklah, terima kasih.　　好的，謝謝。

B. 翻譯練習

1. Mengapa kamu tidak pergi?
2. Kerana saya Orang Taiwan.
3. Orang Taiwan lebih suka minum teh panas.
4. Saya tidak begitu suka warna merah.
5. Walaupun panas, saya lebih suka minum kopi panas.

D. 寫作練習

Nama saya Nina dan saya Orang Amerika Syarikat. Saya berasal dari California tapi sekarang saya tinggal di Kuala Lumpur. Saya seorang mahasiswa yang sedang belajar Bahasa Melayu. Saya belajar di Universiti Malaya dan saya suka belajar Bahasa Melayu. Saya belajar Bahasa Melayu kerana saya ingin bekerja di Malaysia. Selain itu, saya juga suka budaya dan sejarah Malaysia kerana di sini ada budaya Orang Melayu, Orang Cina, Orang India dan sebagainya.

Selama saya di Kuala Lumpur, saya sangat suka makanan dan minuman di sini. Saya paling suka nasi lemak dan teh tarik. Nasi lemak rasanya pedas tapi sedap. Kalau kamu ingin melancong ke Kuala Lumpur, kamu harus cuba makanan dan minuman tempatan di sini.

短文翻譯：

我的名字是Nina，我是美國人。我來自加利福尼亞州，但我現在住在吉隆坡。我是一位正在學習馬來語的大學生。我在馬來亞大學念書，我喜歡學習馬來語。我學習馬來語，因為我想要在馬來西亞工作。除此之外，我也喜歡馬來西亞的文化和歷史，因為這裡有馬來人、華人、印度人以及其他族群的文化。

我在吉隆坡的期間，我非常喜歡這裡的食物和飲料。我最喜歡椰漿飯和拉茶。椰漿飯（的味道）很辣但是很好吃。如果你想要到吉隆坡旅遊，你應該嘗試這裡的本地食物和飲料。

國家圖書館出版品預行編目資料

馬來語，一學就上手！／王麗蘭著
-- 初版 -- 臺北市：瑞蘭國際, 2018.09
256面；19×26公分 --（外語學習系列；53）
ISBN：978-986-96830-5-0（第1冊：平裝附光碟片）
1. 馬來語 2. 讀本
803.928   107014769

外語學習系列 53

馬來語，一學就上手！（第一冊）

作者｜王麗蘭
責任編輯｜鄧元婷、王愿琦
校對｜王麗蘭、鄧元婷、葉仲芸、王愿琦

馬來語錄音｜王麗蘭、顏聖鎵
錄音室｜采漾錄音製作有限公司
封面設計、版型設計、內文排版｜陳如琪
美術插畫｜Syuan Ho

董事長｜張暖彗・社長兼總編輯｜王愿琦
編輯部
副總編輯｜葉仲芸・副主編｜潘治婷・文字編輯｜林珊玉、鄧元婷・特約文字編輯｜楊嘉怡
設計部主任｜余佳憓・美術編輯｜陳如琪
業務部
副理｜楊米琪・組長｜林湲洵・專員｜張毓庭

法律顧問｜海灣國際法律事務所　呂錦峯律師

出版社｜瑞蘭國際有限公司・地址｜台北市大安區安和路一段104號7樓之一
電話｜(02)2700-4625・傳真｜(02)2700-4622・訂購專線｜(02)2700-4625
劃撥帳號｜19914152 瑞蘭國際有限公司
瑞蘭國際網路書城｜www.genki-japan.com.tw

總經銷｜聯合發行股份有限公司・電話｜(02)2917-8022、2917-8042
傳真｜(02)2915-6275、2915-7212・印刷｜科億印刷股份有限公司
出版日期｜2018年09月初版1刷・定價｜450元・ISBN｜978-986-96830-5-0